の嫁

居眠り同心 影御用4

早見 俊

二見時代小説文庫

犬侍の嫁――居眠り同心 影御用4

目次

序 7
第一章　花見の再会 11
第二章　不良息子の更生 47
第三章　運命の逆転 81

第四章　老いらくの恋　115
第五章　決意の影御用　149
第六章　密やかな探索　185
第七章　踊らされた正義　222
第八章　命の訴え　254

序

真夏の強い日差しが武者窓の格子の隙間から差し込む。板敷きに格子の影が色濃く映し出されていた。

ここは神田司町《かんだつかさまち》にある中西派一刀流宗方修一郎《むなかたしゅういちろう》道場である。広い板敷きで二人の男が対峙している。見所には道場主宗方が正座をし、両側の板壁に沿って門人たちが横並びに座っていた。

みな、息をつめこれから行われる蔵間源之助《くらまげんのすけ》と藤堂彦次郎《とうどうひこじろう》の試合を待っている。二人は宗方道場にあって竜虎と謳《うた》われる使い手だ。どちらが勝つかという興味とさぞや高度な技が繰り出されるに違いないという期待とで道場は熱気が漂っていた。

門人たちの熱い視線を集めながら源之助と藤堂は一礼をした。中西派一刀流は防具を身に着け、竹刀《しない》による打ち込み稽古を行っている。源之助と藤堂も面、胴、籠手《こて》に身を包み竹刀を手に向き合った。

源之助は既に居合いでは田宮流の免許皆伝となっている。それだけに剣の上達は目覚しく、先輩の門人を次々と追い越していった。一方の藤堂は六尺近い大柄な体格に恵まれているのに慢心せず、一日三千回の素振りにより鍛え上げた腕力によって繰り出す大技は師の宗方も時に感嘆の声を漏らすほどだ。

「いざ！」

先に動いたのは藤堂だ。得意とする大上段からの面打ちを仕掛けてきた。予測できたことだ。源之助は素早く後ずさり藤堂の竹刀が空を切ったところを籠手を狙いに行った。

しかし、藤堂とてそれしきのことで屈するはずはなく鋭い竹刀さばきで切り返す。

それから、二人は打ち合った。

凄まじい気合いの声と竹刀の音が道場を覆う。蟬も鳴き止むほどの激しさだ。

門人たちからため息が漏れる。

腕の長さに劣る源之助は藤堂との間合いが開くことを嫌った。できる限り間合いを詰め、懐に飛び込みたい。

藤堂の脇が甘くなるのを窺う。汗が額から滴《したた》る。歯を食いしばり、頭上から襲いかかる竹刀の猛攻に耐える。

その甲斐あってか、藤堂は勝負に出ようと竹刀を大上段に構えた。

――勝った――

源之助は藤堂の胴を抜こうと瞬時に腰を落とした。

と、その時、源之助の視界に一人の娘が入った。武者窓の格子の間からお使いに行く宗方の娘亜紀《あき》の姿が見えたのである。

額に右手で庇を作り眩しげに青空を見上げるその横顔に夏の日差しのような明るい笑みが浮かんでいる。

――しまった――

ほんの瞬きするほどの間だったが勝負を決するには十分な隙だった。

「面！」

眼前に藤堂の巨大な影が映ったと思うと、衝撃が源之助の脳天を襲っていた。

「勝負あり」

宗方の乾いた声と門人たちのどよめきが道場に響いた。

武者窓には亜紀の姿はなく陽炎《かげろう》が立ち上っていた。己が未熟さを嘲笑うように蟬が一斉に鳴き始めた。

亜紀の横顔と真っ白なうなじが脳裏に刻まれた酷暑の昼下がりである。

第一章　花見の再会

一

「見事ですな」

蔵間源之助から感嘆の声が漏れた。脇でそれを聞いた山波平蔵《やまなみへいぞう》も、

「まこと見事。江戸の桜の名所と申すと上野、墨堤《ぼくてい》などがござるが、わしはここ飛鳥《あすか》山《やま》が一番でござる」

「わたしも山波殿に賛成します」

源之助は言いながら辺りを見回す。

源之助は北町奉行所同心、両御組姓名掛《りょうおんくみせいめいがかり》に属している。姓名掛とはその名の通り、町奉行所の与力、同心の姓名、すなわち名簿を作成する掛である。通称、「居眠り番」

と陰口を言われている閑職だ。それが証拠に、南北町奉行所合わせて源之助ただ一人の職務である。源之助がこの職務に就いたのは昨年の如月《きさらぎ》のこと、月日が経つのは早いもので既に一年余りが経過している。それまでは、筆頭同心として町廻りや捕物の最前線に立っていた。四十二歳という厄年を迎えた昨年、ある事件で失態を演じ居眠り番に左遷された。

非番のこの日、濃紺の袷《あわせ》を着流し、羽織を重ね、腰に大小を落とし差しにしている。但し、羽織は八丁堀同心特有の巻き羽織にはしていない。日に焼けたいかつい顔は、凄腕同心の評判を取った名残《なごり》に彩られ、本人は花見を楽しもうと笑みをたたえているつもりだが、迂闊には近寄りがたい威厳を感じさせている。

山波は源之助より二十歳以上は上、既に隠居の身だ。羽織は身に着けず絣《かすり》の小袖を着流し、腰に脇差を帯びているが、いかにもお気楽なご隠居といった風だ。源之助の前任者である。姓名掛という閑職をものともせず、いや、存分に楽しみ、一年前に隠居した。山波はとにかく、多趣味。まさに人生を謳歌している。

文化八年(一八一一年)弥生《やよい》三日の春麗の昼下がり、飛鳥山は満開の桜を愛《め》でようと大勢の男女が詰め掛けている。男女問わず、いや、女の方が生き生きとしている。あちらこちらで煌《きら》びやかな着物に身を包んだ女たちが緋毛氈《ひもうせん》の上に彩りも鮮やかな重箱に詰めた弁当を広げ、楽しげに手送りで三味線を弾き、歌を歌っている。日頃のうさを晴らすその様は野暮《やぼ》な男どもを寄せ付けないものが感じられる。

将軍の菩提所である寛永寺《かんえいじ》のお膝元である上野ではこうはいかない。飛鳥山の開放的な姿を肌で感じることができた。

飛鳥山は八代将軍徳川吉宗《よしむね》によって桜の名所とされた。それを示すように吉宗の事績を称える記念碑がある。源之助と山波は誘われるように記念碑の前に立った。

記念碑の前には花見客の数人が何が書いてあるか読もうとしているが、漢文で書かれた文章はよほどの教養がなければ読み取れるものではない。それでもしげしげと眺めているのは酔っ払いであろうか。

「八代吉宗公は何故、この地に桜をお植えになられたかご存じか」

山波は物言いも大店《おおだな》のご隠居といった風だ。

「さて、吉宗公は大変に武芸に練達された公方《くぼう》さまであられたとか。この辺りは鷹場で吉宗公もたびたび訪れになられたと聞きます。それで、この辺りの風光明媚な景色を気に入られたのですか」

源之助は改めて周囲を見回す。飛鳥山自体はそれほど大きな山ではない。なだらかな台地で、一番高い地点でも八丈三尺（約二十五メートル）ばかりである。だが、周囲を遮るものはなく、眼下には石神井川《しゃくじいがわ》のせせらぎが見下ろせ、遠くには筑波山《つくばさん》、さらには富士山を拝むこともできる。

まさに絶景である。

「そう、吉宗公は大そうここからの景色を気に入られた。だが、それだけではござらん。ほれ、王子権現《おうじごんげん》がござろう」

山波の指差す方向に石神井川の向こうにこんもりとした山があり、その緑の中に朱色の社殿が見える。王子権現と別当寺である金輪寺《きんりんじ》だ。

「王子権現は吉宗公の故郷紀州の熊野《くまの》権現を勧請《かんじょう》して建立された。ここ飛鳥山には同じく紀州の新宮《しんぐう》にある飛鳥神社の御霊をお祀りしておる。そんなところが吉宗公の郷愁を誘ったのかもしれませんな」

山波に言われてみると妙に説得力がある。感心して聞きほれてしまった。山波は源之助の沈黙に気づき、

「いけませんな。つい、自慢たらしい物言いをしてしまいました」

「なんの、まこと山波殿のお話は面白い。ほんとうに為になります」

「蔵間殿はまこと律儀《りちぎ》でございますな」

「いやあ、融通が利かないだけです」

「ところで、蔵間殿は以前、三味線を習っておられましたな」

「ああ、そんなこともありましたな。ですが、三日坊主でした」

確かに両御組姓名掛に左遷された直後、暇を持て余し、何か趣味を持とうと習ったことがある。十手《じって》を持たせていた岡っ引京次《きょうじ》の女房が常磐津《ときわず》の稽古所を営んでいたからだ。

「どちらでお習いでしたか」

「手札を与えておりました岡っ引の女房が営んでおります稽古所です。神田にありますよ」

「どちらか所在を教えてくださらんか」

「それは構いませんが、山波殿、三味線を始められるのですか」

「まあ」

山波は恥ずかしそうに目を伏せた。

「多趣味な山波殿ですから、三味線に興味を持たれても不思議はござらんが」

言いながら源之助は懐紙を出し、矢立てから筆を取って京次の家の地図を書き記し手渡した。山波はそれを大事そうに袂に仕舞い、

「年寄りの気紛れでござるよ」

と、再び桜を愛でた。そこに一陣の風が吹いた。桜の花が吹雪のように舞い、春めいた風情である。すると、山波の袷の裾がまくれた。

表は地味ながら裏地は派手な紅いもので、弁天の模様の一分が見えた。歳に似合わぬ若作りは山波の洒落《しゃれ》た人柄を感じる。山波は裾をあわてて合わせ恥じ入るように目をそむけた。

源之助はなんだか見てはいけないものを見てしまったようでそのことには触れず、

「まこと、今日はお誘いくださってありがたいと存じます」

「いや、なに」

「どちらかで昼餉《ひるげ》でも食しませんか。そうだ。王子は玉子焼きが名物と聞いております。どちらかの料理屋で玉子焼きでも食しませんか。失礼ながらご馳走致しますよ」

「蔵間殿のご好意はありがたくお受けしますが、それが、申し訳ないことに人と待ち合わせておりましてな」

山波の言い方はどこか秘密めいていた。

「まあ、それなら、無理にはお誘いしません」

「すみませんな。では、これで」

山波はそそくさと立ち去った。

その小さな背中はすぐに人混みに消えた。一人になってしまったが、いささかも退屈を感じない。優美な桜は見飽きることはないし、その下で浮かれ騒いでいる連中も不愉快ではない。深酒をすることのない源之助にとって酔客の乱れようは不愉快でしかないのだが、飛鳥山では許せてしまう。

あちらこちらで余興とも芝居ともつかない見世物が勝手に演じられているのも飛鳥山ならではだ。同じ桜の名所でも将軍の菩提寺寛永寺がある上野ではこうはいかない。心ゆくまで春爛漫を楽しみ、生命の息吹というものを肌で感じた。

すると、そんな源之助の思いに冷水を浴びせるような声が響き渡った。

「野郎！　なにしやがんでえ」

盛り場で見かける伝法《でんぽう》な物言いだ。何かの見世物とは明らかに違う。本気の胴間声《どうまごえ》である。喧嘩沙汰、それも血を見るような騒ぎが起きたに違いない。それが証拠に声がする所だけがぽっくりとした空白となっているようで、荒《すさ》んだ空気が華やぎを取り払ってしまっている。

人の波をかき分けるといかにもやくざ者といった男たち三人の背中が見えた。男たちの陰になってよく見えないが前に男が倒れている。

侍、というよりは浪人のようだ。六尺近い大柄な男だ。かろうじて黒羽二重とわかるが襟は垢《あか》でまみれ紋などはかすれている。草色の袴は菜っ葉のようによれていた。もちろん、月代《さかやき》も髭も伸び放題。大刀は差しておらず、脇差だけということは質にでも入れたか売り飛ばしてしまったのだろうか。

そんな浪人をやくざ者が寄ってたかって足蹴《あしげ》にしている。どんな事情かはわからないが、放置しておくわけにはいかない。せっかくの桜もくすんでしまうだろう。

「その辺にしておけ」

源之助はやくざ者の一人の肩を叩いた。やくざ者はふり返り源之助を侍と見て、険しい顔をやや落ち着かせ、

「お侍、止めねえでおくんなさいよ」

「そういうわけにはいかない。花見の明るい空気が台無しではないか」

「ですがね、悪いのはこの浪人なんだ」

「その男が何をした」

「まるで野良犬でさあ」

別のやくざ者が横から口を挟む。

「野良犬とは辛辣《しんらつ》だな」

源之助は表情を柔らかにした。

「こいつ、おれたちの弁当を盗んだんでさあ。おれたちだけじゃねえ。姉さんたちの弁当もですよ」

やくざ者が横を見る。

視線を追うと、女たちが数人いた。派手な柄の着物に身を包み豪勢な弁当を広げている。脇に大店の商人風の男がいることから、芸者を引連れての花見のようだ。やくざ者はその商人や芸者たちと関わりがあるのだろう。

「楽しい花見の宴をこの野良犬に台無しにされたんだ」

やくざ者が蔑《さげす》みの目を向けると、浪人は薄笑いを浮かべ芝生に座り込んでいる。

「てめえ、舐《な》めやがって」

やくざ者は浪人を蹴っ飛ばした。弾みで浪人は芝生の上に転がった。

「その辺にしておけ」

しかし、やくざ者は源之助を無視して浪人への暴力をやめようとしない。無抵抗の男を殴る蹴るとは目に余る。

「やめろと申すが聞こえぬか」

源之助は凄みのある声を出した。敏腕同心であった頃の表情が甦《よみがえ》った。いかつい顔を際立たせ、鋭い眼光で睨みつけるとやくざ者の手を摑み背中に捻じ曲げ前に突き

飛ばした。やくざ者は顔を歪め、

「い、痛え」

残る二人のやくざ者の怒りの矛先が浪人から源之助に向けられた。

「引っ込んでいやがれ、三一《さんぴん》」

女の手前、いいところを見せようという思いも働いたのに違いない。やくざ者二人は源之助につっかかって来た。

源之助も血が騒いだ。

こんな所で喧嘩沙汰など無粋なことこの上ないとは百も承知だが、飛鳥山が醸《かも》し出している開放的な雰囲気が源之助の闘争本能に火をつけもした。

源之助は右から来るやくざ者の足を払った。やくざ者は勢い余って女たちが弁当を広げている緋毛氈に倒れ込んだ。女たちが悲鳴とも怒声ともつかない声を発する。そこへ左からかかって来た男の腕を取り、背中に捻《ひね》り上げておいてやくざ者の上に投げ飛ばした。二人は布団のように重なり合う。

初めにつっかかって来たやくざ者には、女たちの弁当から稲荷寿司を摑み口の中にねじ込み頰に平手打ちを食らわせた。やくざ者は口をもごもごとさせながら何事かわめいた。

何時《いつ》の間にか野次馬が群れ、源之助に喝采を送っている。女たちに、

「恥ずかしいったらないね」

と、毒づかれやくざ者はすごすごと花見の席から逃れるように去って行った。

荒れた心を和ませようと桜に目をやると浪人がやくざ者が残していった弁当をあさっている。その姿はやくざ者が揶揄《やゆ》した野良犬そのものだ。そんな浪人を哀れみと蔑みの入り混じった気持ちで眺めているうちに源之助の口から驚きの声が漏れた。

「藤堂……。藤堂彦次郎ではないか」

浪人は源之助を振り返った。その目は死んだように淀んでいたが、やがて輝きを帯び無精髭に覆われた顔に懐かしさが表れた。

二

「藤堂だな」

浪人の側に寄るとすえた臭いが鼻をついた。浪人が小さく首を縦に振るのを確認し、

「わたしだ。蔵間だ。蔵間源之助だ。忘れたか」

源之助は自分の顔を指差した。

「忘れるわけがない」

浪人ははっきりと答えた。

「藤堂、どうして……」

それから二の句が繫がらない。大きな疑問が胸に渦巻く。考えがまとまらない。藤堂彦次郎は陸奥国弘前《むつのくにひろさき》藩士、源之助とは神田司町にある中西派一刀流宗方修一郎道場で研鑽《けんさん》を積んだ仲である。今から二十五年も前のことだ。長身の藤堂が大上段から繰り出す大技は凄まじく、恵まれた大柄な身体が持つ腕力は源之助をして羨ましがらせた。

藤堂と五分に渡り合うために源之助は懐に飛び込む技に磨きをかけた。道場で行われる試合では源之助と藤堂の取り組みは門人たちの注目を集めるようになり、二人は師の宗方も認める道場の竜虎と称されるようになった。

五年が経過した頃、源之助は定町廻《じょうまちまわ》りの仕事が忙しくなり、道場へは足が遠退いた。藤堂も二十年前に国許に戻った。

それ以来、藤堂とは会っていない。

それが、思いもかけない再会となった。しかも、こんな形で。

あの頃の藤堂とはあまりに変わり果てた姿だ。身形《みなり》からして弘前藩を浪人したということだろう。すれ違っただけでは藤堂とは気がつかなかったに違いない。

「今、何をしておるのだ」

問いかけてからこの質問は藤堂には残酷なものであると気がついた。

「見ての通り、すっかり落ちぶれ果てこのように人の食い物を野良犬の如くあさっておる」

薄笑いを浮かべるその顔は開き直っているようだ。

「少し、話をせぬか」

このまま別れる気はしない。

どのような事情があったか知りたい。知っても手助けはできないかもしれない。しかし、かつての好敵手をこのまま置いておく気にはなれなかった。

「かまわんが、その前に何か食わしてくれ」

藤堂は恥じることもなく頼んできた。

「ならば、王子名物の玉子焼きでも食べに行くか」

「それもいいが、酒もな」

藤堂は浮き立つような表情をした。こいつ、酒を飲むようになったのか。宗方道場に通っていた頃は自分同様、ほとんど酒には口をつけなかった。稽古の後、よく剣術談義を交わしたものだが、決まって御手洗団子《みたらしだんご》と茶で済ませていた。道場の口の悪い連中にはそれが格好の酒の肴になったものだ。いわく、甘党竜虎などと。

「わかった。ともかく、ここを降りよう」

藤堂はうなずくと、

「すまぬが、それから、少々、金を貸してくれぬか」

藤堂は開き直ったためか、どこまでも甘えてくる。不快な思いがしたが、むげにすることもできない。それより、あれからの藤堂の人生がどのようなものだったかの興味を抑えきれなくなっていた。

「多少なら融通しよう」

「すまんな」

藤堂は下卑た笑いを浮かべ、先に立った。飛鳥山の雑踏を縫い、山を降りると六石坂《ろっこくざか》を下って行く。藤堂はなんとなく楽しげである。若かりし頃の剣友に再会した喜びというよりは酒にありつけることのうれしさであろう。それは、今の藤堂彦次郎を象徴しているようで源之助の胸には暗い雲がたちこめていく。

そんな思いに駆られているためであろう。道々、源之助は藤堂に言葉をかける気がしなかった。

――会うんじゃなかった――

後悔が胸に渦巻く。

藤堂は源之助の気持ちなどお構いなく鼻歌交じりに先を行く。源之助の胸に言いようのない怒りがこみ上げてきた時、藤堂は一軒の縄暖簾《なわのれん》の前に立った。駒込妙義坂《こまごめみょうぎざか》下町《したまち》の町屋の一角だ。

源之助を振り返りニヤリと笑い、暖簾を潜った。源之助も続こうとしたがすぐに、

「藤堂の旦那、勘弁してくださいよ」

と、いかにも不愉快そうな声が聞こえた。暖簾を捲《まく》り中を覗くと店の主人と思《おぼ》しき初老の男が顔をしかめ、藤堂をまるで疫病神の如く扱っている。主人ばかりではない。入れ込みの座敷で酒を酌み交わしていた数人の町人たちも露骨に顔をしかめ、中には、

「酒がまずくならあ」などと聞こえよがしに言う者までいる始末だ。

藤堂はこの店にとっては招かれざる客、いや、それどころか暖簾を潜って欲しくはない、出入り禁止の客なのだろう。

「心配するな。今日の勘定はしっかりしておる。今日ばかりじゃないぞ。これまでのつけもな、ちゃんと払ってやるんだ」

「大きく出なすったね」

主人は鼻で笑った。それを聞いていた客たちも露骨に笑い声を上げる。店中が藤堂を蔑む姿に源之助の胸は塞がれ、やるせない心持ちにさせられた。

「本当に大丈夫だ。今日は友がついておる。北町の同心殿だぞ」

藤堂に紹介され主人は初めて源之助に視線を向けてきた。

「ほんとに八丁堀の旦那ですか」

窺うような視線は不愉快極まりないが、事を荒立てる気はしない。

「つけというといくらだ」

「本当によろしいんで」

主人はこずるそうに上目遣いになった。

「かまわん」

不快感からぶっきらぼうに返す。

「では」

主人は空《そら》で勘定を始めた。それからおもむろに、

「二分と一朱で」

思ったよりは遙かに安い。それは、藤堂が安酒に身を持ち崩していることを示して

いるのと同時に、暮らしぶりのひどさを裏打ちしているようにも思える。

「ならば、これで」

源之助は紙入れを出し、支払いを済ませた。藤堂は、

「なら、酒だ。つまみは適当にみつくろってな」

と、大威張りで隅にある小机に向かった。源之助も向かいに座る。

「しばらくだな」

藤堂は笑顔を弾けさせた。源之助は応じる気にはなれなかったが黙ってうなずいた。

主人が燗酒を運んで来た。葱《ねぎ》のぬたが添えてある。

「もっと、美味い物を持って来い」

藤堂に言われ主人は源之助に視線を送ってくる。源之助は、

「天麩羅などできるか」

「はい、鱚《きす》などでございますが」

すかさず藤堂が、

「そいつはいい。持って来てくれ」

すっかり上機嫌で源之助に徳利を向けながら、

「少しは飲めるようになったか」

「あまり、飲まん」

源之助は言いながらも一杯だけ受けることにした。

「おまえは大分飲めるようになったようだな」

藤堂は悪気もなく、

「ああ、国許でな、覚えた」

「そうか。弘前の城下は寒かろう。酒でも飲まなければやっておられぬか」

源之助の方で気を使ってしまう。

「寒さばかりではない」

藤堂の目は据《す》わっていた。

「話し辛いかもしれんが、どうしてこのような暮らしをしておるのか話してくれぬか」

藤堂はしばらく迷う風に横を向いていたがやがて小机に猪口《ちょこ》を置き、

「わしは二十年前、国許に帰った。国許では江戸での剣術修行が認められ、殿の御馬《おうま》廻《まわ》りになった」

「大した出世ではないか」

藤堂は鼻で笑い、

「出世といえばそうか。禄も五十石から加増を重ね三百石になった」

「大したものだ」

「それが、災いしたのだろうな。いつしか、酒を覚えた。宴席によく呼ばれるようになったからな。そのうち、おれは酒に溺れるようになった。とうとう、昨年の暮れ宴席での振舞いを咎められ、藩を離れることになった」

「どのような事情だ」

藤堂はうなだれ、

「武士の情け、それは聞かないで欲しい」

そう言われては立ち入ることは憚られる。おそらくは、言うに言えない深い事情が横たわっているに違いない。

しばらく無言で猪口を重ね、実はずっと気になっていたことを問い質《ただ》した。

「亜紀殿は息災でおられるか」

亜紀とは藤堂の妻であり、道場主宗方修一郎の娘だった。藤堂がこの有様では亜紀のことが気にかかる。

「亜紀とはわしが藩を離れる際、離縁した」

藤堂はこれには躊躇《ためら》うことなく答えた。

「お子は」

「幸いと申してはなんだが、子はできなかった」

「亜紀殿はどうされた」

「知らん。弘前にはおれんだろうから、江戸に戻ったのではないか」

「宗方先生が亡くなられて二年。ご子息の健太郎《けんたろう》殿が道場を継いでおられる。健太郎殿は亜紀殿の弟、道場へ身を寄せられたのか」

「無責任なようだが、知らん」

藤堂は亜紀のことに触れられるのが嫌なのだろう。顔をそむけ、酒の追加を頼んだ。

三

「ずいぶんと無責任な物言いだな」

源之助は憤った。手元にあった酒を引き寄せ乱暴な手つきで猪口に注ぐと一息に飲み干す。それほど得意ではない酒だが、酔いを感じない。原因は亜紀のことだ。

亜紀はかつて源之助が密かに想いを寄せた人だった。気持ちを口に出すことはなかったが、道場に通う楽しみは亜紀の顔を見ることだった。稽古に疲れ道場の庭先で身体を休めていると亜紀が花に水をやったり、使いに出て行く姿にどれほど胸がときめいたことか。

源之助は己がいかつい顔に引け目を感じていたのと八丁堀同心の家に生まれたからには、同じ八丁堀同心の家に生まれた娘との縁組が待ち受けるという現実を思い、亜紀への想いは胸に仕舞い込んで、ついに誰にも語ることなく今日まで過ごしてきた。

藤堂と祝言を挙げると聞いた時には驚きと同時に少しばかりの嫉妬心、それにも増してほっと安堵したものだ。見ず知らずの男の嫁になるより、藤堂ならば許せると思った。藤堂の剣に打ち込む姿勢、それに一本気な人柄に好感を抱いていた。そして、自分とは正反対の男前。その凛々しさ、剣を構えた時の威風堂々とした様子は見とれるほどの美しさがあった。その上、弘前藩津軽家は外様《とざま》とはいえ名家、その家臣の妻となれば安寧な暮らしが約束される。

八丁堀同心は定町廻りになりうまく立ち回れば町人たちから何かと付け届け、袖の下という役得に恵まれ、暮らしは多少豊かなれど、咎人《とがにん》を扱うことから不浄《ふじよう》役人と蔑《さげす》まれている身だ。源之助は自分の役目を蔑む気はないが、亜紀の夫ということを考えると藤堂の方がふさわしいと思った。

ただ一つ気がかりなのは、藤堂が江戸定府から国許に戻る場合だ。江戸を離れ弘前に行くことになる。弘前には行ったことはないが雪深い地と聞いている。江戸からは遙か北辺の土地だ。二度と江戸の土は踏めないかもしれない。家族はもちろん、親戚たちとも別れねばならないだろう。

江戸育ちで稽古事を好み、芝居見物が好きという亜紀に耐えられるだろうか。

そんな心配をしたが、杞憂かもしれない。住めば都と言うではないか。亜紀ならきっとよき妻となるだろう。

そんな風に考えていた。

ところが、人間の運命はわからない。まさか、あの優れた剣士、一本気で融通の利かない面はあるが、いや、それなればこそ武士の鑑《かがみ》のような藤堂がこのように堕落をし、自分が胸を焦がした亜紀が離縁の憂《う》き目にあうとは。

猪口を重ねているうちに時が過ぎ、夕闇が忍び寄ってきた。天井から吊り下げられた八間行灯《はちけんあんどん》の淡い灯りを眺めていると若き日の亜紀の姿が走馬灯のように流れていく。

そんな源之助の感傷などお構いなく藤堂は、

「親父、酒だ。酒がないぞ」

と、わめきたてる。主人は持て余すように、

「もう、六本目ですよ」

「うるさい。勘定なら大丈夫だと申しておる。なあ」

藤堂は酔眼を源之助に向けてくる。主人は源之助に、

「お勘定のことじゃございませんよ。こんなに酔っちゃあ、足腰が立たなくなるって心配しているんです」

「余計なお世話だ」

藤堂はわめきたてる。

「すまんな、あと、一本だけ持って来てくれ」

源之助に言われ主人は肩をそびやかし調理場へと消えた。

「おれは酔ってなどおらん」

酔っている人間に限ってそんなことを言うもんだと内心で毒づきながら天麩羅に箸をつけた。藤堂はあれほど美味い物を持って来いとわめきたてたのに、肴にはほとんど箸をつけていない。ひたすら猪口を口に運んでいるだけだ。

酔うための酒だ。決して好きで飲んでいるようには見えない。やはり、浪人したことがよほど悔しいのだろうか。その悔しさを紛《まぎ》らすために酒を求めているということか。

こんなみじめな藤堂とは会いたくなかったという気持ちが高まるばかりだ。主人が

徳利を持ってきた。それを受け取り、

「さあ、最後の一本だ」

徳利を向けると藤堂は猪口を差し出したがそのまま小机に突っ伏して鼾《いびき》をかき始めた。

その姿は見ていられないくらいに哀れだ。

人間、ここまで堕《お》ちるものか。

源之助は目頭《めがしら》が熱くなった。胸が一杯になる。徳利を猪口に注ぎあおるように飲むことを繰り返し徳利が空になったところで、

「行くぞ」

と、藤堂の肩を叩いた。藤堂は何事かうめくものの起きようとはしない。

「立て」

さらに声を励まし、藤堂の身体を引きずるようにして立ち上がらせた。藤堂はよろめきながらも、「酔ってなぞおらん」とうわ言のように繰り返す。主人を呼び、勘定を済ませ、

「この男の住まいを存じておるか」

「店を出て左に行きますと三軒先に大黒屋さんという米問屋があります。その裏長屋

ですよ。長屋の中で確かええっと」

　主人が考え込むと、

「それからはよい。長屋で聞いてみる。迷惑をかけたな」

　源之助は藤堂に肩を貸して外に出た。日輪は西の空を茜《あかね》に染めているが、中天にはまだ明るさが残っている。浅葱《あさぎ》色の空には三日月が薄っすらと浮かんでいた。黄昏《たそがれ》時に酔い潰れた藤堂は尾羽《おは》うち枯らしたという言葉がぴったりである。

　行き交う者の中には藤堂を見知っている者がいるようだ。そうした者たちは一応に顔をそむけ縁起の悪い物でも見たように往来に唾を吐きかけた。

　さぞや近所でも悪評が立っているのだろう。藤堂に肩を貸しながら縄暖簾の主人に教えられた米問屋の裏長屋の木戸に立った。確かに木札に藤堂彦次郎の名前がある。木戸を潜り長屋の女房らしき女に藤堂の住まいを聞く。女は関わりを避けるように奥から一つ手前だとだけ告げ逃げるように走り去った。

　今の藤堂が住むにふさわしい長屋である。日当たりは悪く、溝《どぶ》板は所々外れ、路地は湿っぽい。厠《かわや》やゴミ捨て場の悪臭が籠り、どこの家々の障子も破れていた。

「おお、すまん」

　目を覚ました藤堂は目をこすりながら顔を上げる。

「おまえの家はここだな」

教えられた家の前に立つ。

「まあ、上がってくれ」

藤堂は腰高障子を開けた。がらんとした薄ら寒い空間が広がっている。土間を隔て小上がりになった板敷きに家財道具らしき物といえば、煎餅《せんべい》布団と縁《ふち》が欠けた湯飲みが一つくらいだ。ただ、部屋の隅に大刀が一振り立てかけられているのを見ると、いささかほっとした。一瞬、竹光《たけみつ》かと思ったが、見覚えがある。

——そうだ——

まごうことなき同田貫上野介《どうたぬきこうずけのすけ》。同田貫は豊臣秀吉の勇将加藤清正に仕えた刀鍛冶一派で、清正の朝鮮出兵を支えた。同田貫上野介は棟梁上野介正國《まさくに》作の名刀である。宗方道場で試合が行われた時、藤堂が優勝し宗方から授けられた。さすがに、これだけは手放せないのだろう。

藤堂もそこまで落ちぶれてはいないということか、武士の魂を失ってはいないということか。

裏ぶれた暮らしぶりは予想していたこととはいえ、目の当《ま》たりにしてみると強烈な絵柄となって源之助の瞼に深く刻まれた。

「茶はないが、井戸から汲み立ての水なら振舞えるぞ」

藤堂は冗談ともつかない言葉を発した。

「いや、よい。では、これでな」

これ以上藤堂と一緒にいることが耐えられなかった。

「そうか。またな。今日はすまなかったな」

「身体《からだ》をいとえ」

源之助は踵《きびす》を返したがふと振り返り、

「悪く思うな」

そう一言声をかけてから一分金を二枚取り出し、藤堂の擦り切れた紋付の袂に入れた。

藤堂ははっとしたが、

「重ねて礼を申す」

「ではな」

源之助は藤堂の家を出た。背後に藤堂が見送る気配を感じたが振り返ることはしなかった。

今日の花見は妙なことになったものだ。旧友との思いもかけない再会。しかも、このような姿での再会。それにしても気にかかるのは亜紀のことだ。離縁した、江戸に戻っていると聞き、焼けぼっくいに火がついたのだとは思わないが、若き日のほのかな恋情が呼び覚まされてしまった。そのせいか胸に疼《うず》きを覚える。頰が火照《ほて》っているのも満更酒《まんざら》のせいばかりではないだろう。

「訪ねてみるか」

そんな言葉が源之助の口から漏れた。久しぶりに宗方道場に足を向ける。

「いや」

それはやめておくべきだ。きっと、亜紀は心に傷を負っているに違いない。そっとしておくべきだ。

亜紀への恋情を振り払うように源之助は家路を急いだ。

四

八丁堀の組屋敷に戻った。

既に夜の帳《とばり》が下りている。だが、母屋からは灯りが漏れていた。まだ、夜五つ（午後八時）だ。寝るには早い。格子戸を開けると妻の久恵《ひさえ》が直ぐにやって来て式台に三つ指をついた。

久恵には山波と一緒に飛鳥山に詣でると話してある。

「ただ今戻った」

「お帰りさないませ」

久恵はいつもの貞淑でよくできた妻そのものの様子で源之助を出迎える。浮気をしたわけではないが、亜紀のことを思い出したせいでつい後ろめたくなった。源之助が大刀を鞘ごと抜いて手渡そうとしたところで久恵は来客を告げた。目で誰だと尋ねると、

「神田司町の剣術道場主宗方修一郎先生のご息女で亜紀さまと申しておられます」

うっかり大刀を落としそうになった。しかし、そんな素振りを久恵に気づかれてはならじ、とわざといかめしい表情を作り、

「亜紀殿……」

と、首を捻る。そのまま廊下を奥に進む。藤堂と会った直後だ。藤堂に関係したことなのだろうか。予想だにしなかった亜紀の訪問には大きな疑問が湧き上がったが、同時に追い払ったほのかな恋情が甦りもした。

疑念と胸の疼きという複雑な気持ちに包まれながら源之助は居間の前に立った。中

にいる亜紀に訪問を伝えようと空咳を一つした。かすかに衣擦れの音がした。

障子にかけた手が震えているのは自分ながら失笑が漏れた。障子を開け、中に身を入れる。亜紀の顔をまともに見ることができない。ちらりと一瞥《いちべつ》し、

「しばらくぶりでございますな」

と、腰を下ろした。亜紀は顔を伏せていたが、

「二十年ぶりでございます」

と、顔を上げた。落ち着いた松皮菱《まつかわびし》の着物に身を包んでいる。

源之助の中で時が止まった。久しぶりに見る亜紀の面差しは年輪を刻むように多少の皺と肌の輝きは失われたものの、その整った顔立ちには少しの変化も感じられない。どちらかというと年齢の割には少女のようにあどけなかった亜紀が二十年という歳月によって重ねたであろう苦労がなんとも言えぬ色香を醸し出しているようだ。目元に憂鬱な影が差し、それが深い憂いを帯びて女盛りを迎えている。

つい見とれてしまったところに久恵が茶を運んで来た。あわてて視線をそむけ難しい顔を作って、

「すっかり、ご無沙汰しております。道場へ行ったのは先生の三回忌ですから二年前です」

「町奉行所の同心は大変にお忙しいのでしょう。無理もありません」

「それが、そうでもないのです。一年ばかり前から閑職に回されまして、すっかり、暇です。道場へ行かないのはそんな自分を恥じて顔を出し辛いのですよ」

快活に言ったところで久恵は気を使ったのかそのまま居間を出て行った。

「亜紀殿は江戸に戻られたのは藤堂殿が江戸詰めになられたからでござるか」

この問いかけは亜紀には残酷なものかもしれない。既に事情を知っているとはいえ、それを聞かないではかえって不自然と思い敢《あ》えて問い質《ただ》した。

「わたくしは離縁をされました」

亜紀は源之助から視線をそらすことなくはっきりと告げた。源之助は一応驚きの表情を作り亜紀の言葉を待った。

「藤堂は昨年の暮れお役目をしくじり、藩を追われました。幸い子はおりません。それを機会にと言ってはなんですが、離縁状を突きつけられたのでございます」

亜紀の言葉は藤堂の話を裏付けた。

「立ち入ったことをお聞きしますが、しくじりとはどのようなことですか」

藤堂は話したがらなかったがどうしても気になった。

「わたくしにも話してはくれませんでした。きっと、何か重大なことなのでしょう」

妻にも話せないことというわけか。亜紀は源之助に勧められるまま茶を一口飲み、

「本日、訪ねてまいりましたのはお願いがあるのです」

と、背筋を伸ばした。

「わたしでできますことならなんなりと」

源之助も威儀を正す。

「主人を探して欲しいのです」

予想外のことだった。探すも何もつい先ほど会ったばかりで、場合によってはこれから亜紀を連れて行くこともできる。だが、その前にもう少し事情を確かめたいし、今すぐに藤堂を引き合わせることは躊躇《ためら》われる。あのように荒《すさ》んだ藤堂を、まるで野良犬のように成り果てた藤堂を引き合わせることはできない。

「道場で藤堂を見かけた者がいるのです」

「誰です」

「下働きの睦五郎《むつごろう》です」

「睦五郎、達者でおりますか」

「大分、耳が遠くなりましたがまだ元気で働いてくれています」

「睦五郎はどこで」

「本所の南割下水近くだそうです」

「間違いではござらんか」

「髭も月代も伸び放題、着ている物は薄汚れ、いかにも浪人といった様子ですが、確かに藤堂であったと申しております。睦五郎は声をかけようとしたらしいのですが、あいにく人混みに消えてしまったと臍《ほぞ》を嚙んでおりました」

否定はできない。

睦五郎が見たのは間違いなく藤堂だろう。

「して、亜紀殿は藤堂殿に会われて復縁を望んでおられるのですか」

いささか冷たい問いかけかもしれないが、亜紀の気持ちを確かめた方がいい。亜紀は首を横に振り、

「わたくしとて武家の妻でした。離縁されたものを今更、よりを戻して欲しいなどと言うつもりはございません。ただ、どうしても知りたいのです。藤堂が何故弘前藩を離れなければならなかったのか。わたくしは何も知らされませんでした。ある日突然、降って涌いたような出来事だったのです」

亜紀の瞳は一段と憂いを濃くした。

「それを知ってどうなさる」

源之助は乾いた声音《こわね》を出した。

「わかりません」

亜紀は首を横に振る。考えを整理するようにしばらく黙っていたがやがて堰《せき》を切ったように、

「わかりませんが、自分の気持ちの中でけじめがつけられると思うのです。今のままでは、わたくしはいつまでも深い疑念の中で暮らしていかなければなりません。それがとても辛い。こんなことを申しては我儘《わがまま》でございましょうか」

亜紀は目に涙を滲ませた。

「藤堂が藩を離れることになったわけがわかったとして踏ん切りがつけられますか」

源之助は亜紀が藤堂のことを心の底から愛していたと思った。だからこそ、自分にけじめがつけたいのだろう。だが、藤堂が浪人をした理由を知ったとして、それで自分が納得できるのか。藩を去らなければならなかった事情はわかったとしても、却《かえ》って離縁されたことの辛さが重くのしかかってくるのではないだろうか。

それに、それほど慕っていた藤堂の堕落ぶりを知れば亜紀の苦悩は深まるかもしれない。亜紀には藤堂との楽しき思い出を大事にこれからの人生を送らせる方がいいのではないか。

「あの人はわたくしを守ってくれました」

亜紀はうつろな目をした。

「子供のできないわたくしは藤堂家の親戚から陰口、いえ、露骨に非難されるようになったのです。無理もありません。武家の妻として跡継ぎが産めないのなら実家に戻されても文句は言えないのです。ですが、あの人はそんなわたくしを庇《かば》ってくれました。わたくしのことを決して離縁しないと、そう公言してくれたのです。藤堂家の跡は然るべき家から養子を迎えるとまで言ってくれました。御家勤めも一本気な藤堂のことです。それは御家に対して深い忠義心を以って行っておりました。それが、藩を追われることになるなんて。わたくしはどうしても納得がいきません」

亜紀は搾り出すような声を漏らした。こうまで亜紀の気持ちを吐露されては源之助とて断ることはできない。

が、できる限り亜紀の心にある藤堂を壊さないでやりたい。それには、藤堂に亜紀に会うよう説得してそれなりの準備を整えなければならない。酒をやめさせ、古着を買ってやり、髭くらいは剃らせよう。

「承知しました」

源之助は笑顔で受け入れた。

「よろしくお願い申し上げます」

亜紀は真摯《しんし》に頭を下げた。真っ白なうなじが朱に染まっていた。

若き日、稽古の合間に見かけた真っ白なうなじのままだった。源之助の耳に時節外《はず》れの蟬の鳴き声がかまびすしく甦った。

第二章　不良息子の更生

一

翌三月四日、源之助は北町奉行所に出仕した。いくら居眠り番と揶揄される部署でも非番でもないのに休むわけにはいかない。長屋門を入り、すぐ右手にある同心詰所の前を通ると格子窓越しに中に視線を走らせた。息子の源太郎《げんたろう》の姿はない。既に先輩同心について町廻りに出向いたようだ。視線が合ったかつての部下たちは挨拶を送ってくる。

源之助は軽く会釈を返しながら両御組姓名掛へ向かった。といっても南北町奉行所にあってたった一人の部署だ。建家内にあるわけではなく、築地塀《ついじべい》に沿って建ち並ぶ土蔵の一つに設けてある。引き戸を開け中に入ると壁に沿って書棚が建ち並び、南北町奉行所の与力、同心の名簿が収納されている。その書棚に囲まれた板敷きの真ん中に畳が二畳敷かれ小机や火鉢、座布団に茶飲み道具が添えられている。

源之助は小机の前に腰を下ろすとまずは茶を淹《い》れた。昨晩、亜紀が帰ってから久恵の目が気になった。久恵は意識はしていないのかもしれないが、源之助の方で意識してしまった。亜紀の来訪による感情の揺れを表に出さないようにしようとしていたため寝床に入ってもなかなか寝つけなかった。

そんな源之助をよそに久恵はすやすやと小さな寝息を立てていた。寝返りを打ちたかったが眠れないのだということを久恵に気取られるようでそれもままならなかった。我ながら情けないと思う反面、自分にまだ若者の如き恋情が残っていたことに驚きもした。お陰で、首や背中が痛む。畳に座り、天窓から降り注ぐ朝日を浴びていると今になって眠気が襲ってきた。

暇な部署であるため座っているだけで何もすることはない。それでは眠気が取れないのは当然のことであくびが止まらない。これではいかんと濃い目の茶を淹れる。

それでも、ついうつらうつらと船を漕いでしまった。そこへ、

「失礼致します」

と、声がかかった。その声もずいぶんと遠くに聞こえたような気がした。返事をし

ようとしたところへ、

「蔵間殿、おいでですか」

その声は若かった。聞き覚えはない。再び源之助を呼ぶ声がしたところでようやく意識がはっきりとし引き戸に向かって、

「どうぞ、入られよ」

引き戸が開き入って来たのは八丁堀同心のなりをしている。だが、見知らぬ顔だ。北町では見かけない。ということは南町の同心であろう。

――いや、待てよ――

知人ではないがどこかで見たような気がする。初対面だがなんとも言えぬ親しみを覚えるのだ。相手も源之助に親近感を抱いているようで笑みをたたえながらぺこりと頭を下げた。

「南町の山波平助《へいすけ》と申します」

「山波平助殿……。ああ、山波殿のご子息でござるか」

これで納得できた。平助の顔に山波の面影を重ね合わせていたのだ。

「いつも父がお世話になっております」

「世話になっておるのはわたしだ。山波殿にはこの役目の引継ぎに始まり、様々な趣

味をご指導いただいておるのでな。山波殿の多趣味ぶりは舌を巻く。よき、お父上でござるな」

山波に様々な趣味を教わったがどれも長続きがしないことを恥じ入りながら語った。

「それは買いかぶりと申すものです。父は一つのことを極めるということをしないのです。暇に任せて手を広げてきただけですよ。それより、蔵間さまはまさしく凄腕同心であられたとは南町でも評判でございます」

それが今では居眠り番だと内心で呟くが以前ほど屈辱には思わなくなっている。慣れといえば慣れだが、信念を貫いて左遷された自分のことを誇りに思ってくれる久恵や源太郎に対しいかなる役目であろうが八丁堀同心としての矜持《きょうじ》を示さねばという気持ちがそうさせている。それに、永年にわたって両御組姓名掛を勤めた平助の父を汚すことにもなる。

「ところで、本日まいられたのはいかなる御用向きかな」

源之助は平助のために新たに茶を淹れた。平助は両手を添えて受け取ると茶には口をつけず脇に置き、

「父のことを諫《いさ》めていただきたいのです」

と、表情を引き締めた。

「諫めるとは、これ以上多趣味になるなとでも申すのかな」

山波が三味線を習いたいと言っていたことを思い出した。それを平助は聞き、不愉快に思ったのかもしれない。が、平助は首を横に振り、

「そうではございません」

「ほう……。では、どのようなことだ」

「女です」

平助は自分が言った言葉を飲み込むように茶を飲んだ。

「山波殿が女に溺れておるとでも……」

問いかけながら昨日に見かけた山波の歳不相応な派手な装いを思い出した。その上、三味線を習いたいということも引っかかる。なるほど、三味線の影に女あり、か。

「いやあ、お父上はお若い」

源之助はわざと快活に笑った。

「笑いごとではありません」

反射的に平助はむっとする。

「どうされた。お父上とて男、枯れるのは早いとはお思いにならぬか。男寡《やもめ》になってずいぶんとなる、と申しておられたぞ」

「それはそうかもしれません。しかし、相手が悪い。あまりにも悪いのです」

平助の表情は悲痛なものへと変わっていた。それを見ただけでただ事ではないことが推察される。安易な対応はできないということだ。

源之助は平助の高ぶった気持ちを少しでも和らげようといかつい顔を精一杯和ませた。だが、そんな程度では効果を生むことなく平助の厳しい顔は緩まない。それどころか、源之助に反発するように眉を吊り上げ、

「悪いのです」

まるで源之助が悪いが如く強い口調となった。源之助が口ごもると平助は己が無礼を自覚したのか、

「これは、失礼申しました」

源之助は落ち着いて話をすべく茶を飲んでしばらく間を取った。それからおもむろに、

「その女とはいかなる素性だ」

落ち着いた口調で問いかける。

平助は俯《うつむ》き加減となった。いかにも父の所業を恥じるが如き態度だ。

「柳橋《やなぎばし》の芸者でございます」

「ほう、芸者とな」

いかにもという思いがした。

「歳は二十半ば。自分とそんなには変わりません。父はまるで自分の娘のような女に耽溺《たんでき》しておるのです。汚《けが》らわしい女に」

平助の言葉尻は吐き捨てるような口調となった。

「汚らわしいと決めつけてよいのか」

「汚らわしい女子に決まっております。父親ほどの男を弄《もてあそ》んでおるのですから」

平助は容赦がない。

「住まいもわかっておるか」

「薬研堀《やげんぼり》の一軒屋に住まいし、名を千津《ちづ》と申しております」

「千津」

名前をなぞったからどうということはないのだが少しでも頭の中を整理したいところだ。

「いかにも」

「どうしてその、ええっと、千津なる芸者に父上が耽溺しておるとお疑いなのだ」

「最早疑いではございません。わたしは父に問い質したのです。父ははっきりと認めました。千津と会っておると。そして、好いておると」

「ほう……」

二の句が繋《っ》げない。

「まこと、恥ずかしい限りです」

平助は唇を嚙んだ。

「父上を恥じることはない」

源之助の胸に小さな怒りがこみ上げた。その原因が自分の亜紀への思慕であるとはわかっている。もちろん、自分は亜紀と深い仲になりたいなどとは思っていない。若かりし頃に胸を焦がされ、その女とひょんなことから再会して頼られてみて、かつての恋心が疼いたという程度だ。だから、山波とは違う。

いや。

違うと言い切れるのか。

山波の老いらくの恋を非難する気持ちは起きない。むしろ、そのことを咎めようとする平助に腹を立てている。山波は独り身。おまけに、八丁堀同心を辞め隠居した身だ。どのような女とどんな仲になろうが勝手というもの。息子の立場を考えれば大いなる悩みの種となるかもしれないのだが。

「父上は千津を後妻に迎えるとまで申されておられるのか」

源之助は感情を押し殺し尋ねる。

「今のところ、それは申しておりません」

「ならば殊更《ことさら》に事を荒立てることはないと存ずるが」

「それがそうはまいりません」

「何故だ」

「千津は金を要求したのです」

平助は困ったような表情を浮かべた。

「いかほどだ」

「金百両」

平助はぽつりと言った。

「そのこと、山波殿はご存じか」

「いいえ」

「話してもおらんのだな」

平助はうなずく。

「わたしは千津に会いに行きまして父と別れて欲しいと頼んだのです。千津は別れる条件としまして百両を提示したのです」

「別れるのならということか。ならば、必ずしも百両目当てでお父上と親しくしておるのではないのではないか」

「そうかもしれません。ですが、千津は父が八丁堀同心、しかも、隠居の身であることを承知で近づいたのです。何か企みがあるに決まっております」

「山波殿は千津のことをなんと申されている」

「千津はそのような女ではない、身寄り頼りのない可哀相な女だと。まったく、いい歳をしてすっかりのぼせております」

平助の言葉は以前の源之助であれば一も二もなく賛同しただろうが、居眠り番となり人生を謳歌することの楽しみを知った今となっては亜紀のこともあり抗《あらが》いたい気持ちになった。

二

「相当に惚れ込んでおられるようだ」

山波の好々爺《こうこうや》然とした風貌が思い浮かぶ。微笑《ほほえ》ましくも思えたが、平助にしてみればそれどころではないだろう。

「こんなことを頼めるのは蔵間殿しかおりません」

「わたしのことを信頼してくれるのはありがたいが、失礼ながら山波殿との付き合いはこの一年ほど。わたしよりも、山波殿をよく知る方々がおられよう。その方々から話をされてはいかがかな」

「それが……。父はあれで大変に意固地なところがありまして、おまけに両御組姓名掛などという暇な、あ、いや、失礼申しました」

「気になさるな」

気遣い無用とばかり笑みを投げかける。それでも平助は軽く頭を下げると、

「永年、父は一人で役目を行ってきたのです。同僚方とはほとんど交わりがありませんでした。従いまして親しい間柄の同心方はおりません。そんな父が、蔵間殿のことだけは折に触れて話をするのです。見上げたお方、八丁堀同心の鑑だと。ですから、父を説得できるのは蔵間殿を置いて他にはないのです。どうか、よろしくお願い致します」

平助は両手をついた。平助の思いつめた様子を見れば断ることはできない。

「まあ、頭を上げられよ。話はわかった。お引き受け致そう」

「ありがとうございます」

「お引き受けはするが、そこは男女の仲、無理に引き裂けるものでもなし。おまけにわたしは見ての通り、色恋の道とはおおよそ無縁の無粋な男。よって、平助殿の望み通りいくかどうか確約はできませんがそれでもよいかな」

平助はうなずく。

「ならば、まずはその千津という女に会ってみよう。会うと申してもいきなり山波殿と別れろと言うのはまずい。無理に別れさせてもかえって山波殿の未練、あるいは恨みを残すだけ。よって、まずはどのような女なのか、見てみようと思う。これでも、定町廻りを二十年近く続け、いささか人を見る目は持っておるつもりだ」

「万事、蔵間殿にお任せ致します」

平助の表情がやっと和らいだ。

「しばらくは山波殿との間に波風を立てぬように致されよ」

「承知しました。では、これにて」

平助は一礼すると足早に出て行った。平助の姿が見えなくなったところでふっとため息が漏れた。

「妙な御用を行うことになってしまったな」

そんな独り言を漏らした。

山波平蔵の一件といい、亜紀から頼まれた藤堂彦次郎の一件といい、男女の仲に関わるとは我ながら意外な気持ちに包まれた。

これからどうするかと思案したところで小者《こもの》が一通の書状を持って来た。差出人を見ると杵屋善右衛門《きねやぜんえもん》とある。

源之助と懇意にしている日本橋長谷川町《はせがわちょう》にある履物問屋の主人だ。かつて、倅の善太郎《ぜんたろう》が身を持ち崩し、やくざ者と交わって放蕩を尽くしていた。源之助は単身やくざ者の巣窟に乗り込んで善太郎を連れ戻し、更生させた。それから、善太郎は立ち直り商人《あきんど》修行をしている。以来、善右衛門の源之助に対する信頼は一方《ひとかた》ならぬものになっている。

それは居眠り番という閑職となってからもなんら変わるものではない。それどころか、暇を持て余しているだろうと源之助を気遣い、個人的な仕事の依頼をしてくるようになった。

二人の間で影御用《かげごよう》と呼んでいる。

わざわざ、書状を送ってきたところをみると影御用の依頼なのだろうか。俄《にわ》かに忙しくなったものである。

と、思いながら書状を広げる。時候の挨拶の後、祝い事があるので夕刻に是非寄って欲しいとあった。

――祝い事か――

喜ばしいことではあるが影御用の依頼と気合いを入れただけにいささか肩透かしでもあった。そうはいってもせっかく誘いを受けたのだ。断ることはない。

祝い事とは何だろう。

わざわざ、源之助を招待するからにはよほどめでたいことに違いない。

――ひょっとして――

善太郎が嫁をもらうことになったか。考えてみれば善太郎は二十一歳、嫁をもらっても不思議ではない。

そう決め付けるのはいささか早計《そうけい》だが、考えれば考えるほどそう思えてくる。春めいた一日ということもあり、なんとも楽しい気分に包まれた。自然に身体が軽やかになり書棚の整理や床の拭き掃除をいそしんでしまった。

そうやって昼過ぎまでを過ごし、それから外に出ることにした。藤堂を訪ねねばならない。

そう思うと亜紀の憂鬱な顔が頭に浮かんだ。

藤堂の長屋に着いた。

昼間の明るい日差しの下で見ると改めてそのすさんだ様子に今の藤堂を見る思いがする。

路地を歩き藤堂の家の前に向かう。今日の源之助は萌黄色《もえぎいろ》に縞柄の小袖を着流し、黒紋付を巻き羽織にするといった八丁堀同心特有の姿だ。長屋の住人は源之助のいかつい顔や八丁堀同心と思《おぼ》しき身形に悪いことをしていないにもかかわらず、こそこそと狭い路地の端に寄る。源之助は無言のまま藤堂の家の前に立った。

井戸端で洗濯をしながら世間話に興じていた女たちも源之助に気づいて声の調子を落とした。源之助は女房たちの視線を感じながら藤堂の家の腰高障子《こしだかしょうじ》を叩いた。

「すまん、蔵間だ」

返事はない。破れ障子の隙間から中を覗くと誰もいない。家財道具、といっても煎餅布団と縁の欠けた茶碗くらいだが、はそのままだ。大刀がないところを見るとどこかへ出かけたのか。また、食べ物でもあさりに行ったのか。

ちらりと洗濯をしている女房に視線を向けた。女房たちは関わりを恐れて源之助と視線を交えようとはしない。俯いたまま洗濯の手を止めることはなかった。

源之助は歩み寄り、いかつい顔を精一杯緩めて、

「すまん、ちょっと、尋ねる。洗濯を続けながらでかまわぬから聞いてくれ。あそこの住人、藤堂彦次郎を見かけなかったか」

女房たちはお互いの顔を見合わせていたがやがて年長の女が立ち上がって、

「今日はお見かけしません」

「何処か行く当てを知らんか」

「いいえ」

女は首を捻るばかりだ。

「すまなかったな」

これ以上訊いても無駄のようだ。近所を見回るか。それとも、昨日同様に飛鳥山にでも行ったのか。

女が上目遣いに、

「藤堂さま、何かしでかしたのですか」

源之助を八丁堀同心と思っての問いかけなのだろう。

「いや、そういうわけではない」

かぶりを振ったところで路地を初老の男が歩み寄って来た。

「藤堂さまをお訪ねでございますか」

「そうだが」

おまえは何者だという無言の問いかけをした。男は丁寧に頭を下げ、

「この長屋の大家を勤めております市兵衛《いちべえ》と申します。藤堂さまですが、今朝早くこの長屋を引き払われました」

「引越した……」

源之助は呟くと同時に藤堂の家の腰高障子を開けた。がらんとした寒々とした空間が広がるばかりだ。昨晩と変わったところがないのは元々藤堂の暮らしぶりに生活感が感じられないからだ。

いや。

大刀がなくなっている。恩師宗方修一郎から与えられた同田貫上野介がない。そのことが藤堂の引越しが確かと伝えているように思えた。

横に市兵衛も立った。

「何故引っ越すと申しておった」

「理由は申されませんでした。明け六つにわたしが掃除をしているところにやって来

られ引っ越すことになった、とだけ告げられ、出て行かれたのです」

「急なことだな。わたしは昨夕、藤堂殿と一緒だったのだが、そのようなことは一言も申しておらなかった」

実際、そんな素振りは全く見せなかった。驚きを禁じ得ない。予《あらかじ》め引っ越しを考えていたのか、それとも急に引っ越すような事情が生じたのか。ひょっとしてその理由は源之助と出会ったことなのか。いや、そうは思いたくない。

「何処へ行くとも申していなかったか」

「はい、特には」

市兵衛はそれからはっとしたように、

「そうだ。お役人さま。蔵間さまとおっしゃいますか」

「そうだが……」

「藤堂さまから聞きました。藤堂さまは蔵間さまという北町奉行所の同心さまが自分を訪ねて来るかもしれない。そうしたら、これを渡してくれと」

市兵衛は紙の包みを差し出した。源之助は渡されるままに受け取ると広げた。そこには二分金と一朱金で一両と一分があった。昨日、源之助が支払った居酒屋の飲み代と源之助が渡した二分に相当する。

どこにこんな金があったのだ。あったなら、あのような惨めな野良犬のような真似をしなくてもよかったものを。それに、縄暖簾でだって蔑まれることなく、大威張りで飲み食いできたはずだ。

そんな疑問が胸をつく。となると、ここの家賃のことも気になった。

三

「つかぬことを訊くが、藤堂殿はここの家賃は滞《とどこお》りなく払っておったのか」

「はい」

市兵衛は首を縦に振った。

いささかの疑念を目に込めると、

「実は藤堂さまからはお家賃を頂いておりませんでした」

「どういうことなのだ。まさか、ただで家を貸していたのか」

「そういうわけではございません。家主の米問屋大黒屋茂左衛門《もざえもん》さんの好意です」

「どういうことだ」

「詳しくは話されませんが、お世話になったとかで。大黒屋さん直々《じきじき》のご紹介ということで、この長屋に住んでいただいたのです」

市兵衛の物言いには心なしか不満が滲んでいる。

「日頃の素行はよくはなかっただろうな」

「まあ、それは、あまり悪口は申せないのですが」

市兵衛は言いながらも藤堂の素行がいかにひどかったかを語った。いわく、厠ではなく路地で立小便をした、昼間から酒を飲んでいる、物乞いよりもひどい暮らしぶり、等々である。

「正直申しまして、引っ越すと聞きましてほっとしました。長屋のみんなからの苦情が絶えませんでしたからね。わたしは、大黒屋さんの手前、我慢していたんですよ」

市兵衛は一旦、口に出すと堰を切ったように藤堂への不満を語った。聞いていて耳が痛くなる。

「わかった」

そう言って手を横に振ると市兵衛はようやくのことで口を閉ざした。

「長屋のみなで菓子でも食べてくれ」

源之助は一分金を市兵衛に手渡した。市兵衛はぺこぺこと米搗《つ》き飛蝗《ばった》のように頭を下げた。

「ならば、これにて」

立ち去ろうとした源之助に、

「蔵間さまは藤堂さまとどのような間柄でございますか」

「若かりし頃、同じ道場で共に剣を学んだ仲だ」

「さようでございましたか。藤堂さまも剣を」

それはどこか小馬鹿にしたもので腹に据えかねる。

「藤堂彦次郎は道場一の使い手であった」

そう言い残すと家を出た。市兵衛は呆けた顔で見送った。


源之助は家主である大黒屋を訪ねることにした。店先で主人に取り次ぎを頼むとじきに主の茂左衛門が出てきた。恰幅《かっぷく》のいい艶々《つやつや》とした男である。

源之助を店の隅にある客用の座布団に導いた。

源之助は素性を名乗ってから、

「長屋の住人藤堂彦次郎殿のことで訪ねてまいった」

茂左衛門は目をしばたたきながら小さくうなずいた。

「訪ねてまいったのは町方の御用ではない。藤堂とは若かりし頃、共に神田の宗方修一郎先生の下、剣術修行をした仲。それが、昨日、久しぶりに再会をした次第。本日、再訪をしたところ、今朝方引っ越したという。これは、一体いかなることかといささか当惑をした。大家の市兵衛の話では藤堂を長屋に住まわせたのは家主たる大黒屋茂左衛門から紹介されたことだと聞いた。家賃も取らなかったとか。是非とも話を聞きたいと思ってまいった」

「藤堂さまにはお世話になったのでございます」

「どういうことだ」

「今年の正月のことでございました。わたくしはお得意さまにお年始に回った帰り道、風体《ふうてい》の悪い連中に因縁をつけられたのでございます。そこを通りかかった藤堂さまが連中を追い払ってくださいました。ほんとうに肝が冷えました。藤堂さまにはいくら感謝をしても足りないくらいなのです。それで、せめてもの恩返しと思いまして長屋に住まいしていただくことにしました」

「藤堂は素直に受けたのだな」

「抗《あらが》っておられましたが。国許から江戸に流れて来られて住む所の当てもないということから、ようやく承諾くださいました」

「なるほどな」

「ですが」

茂左衛門はここで眉をしかめた。

「どうした」

「それが」

茂左衛門は尻をもぞもぞと動かした。いかにも言いぬくそうだ。

「どうした、話してくれぬか」

「正直申しまして。出て行ってくだすってほっとしております」

大家の市兵衛と同じ気持ちのようだ。

「相当に素行がひどかったようだな」

「もう閉口するほどでございました。長屋のみんな、さすがにわたくしにまで言ってくるようなことはございませんでしたが、店の奉公人たちには連日のように苦情を言ってくる始末。奉公人たちも仕事に差し障りがあると困っておりました」

源之助も顔をしかめる。

「それで、わたくし、とうとうたまりかねまして、昨晩」

茂左衛門は目を伏せた。

「昨晩、藤堂を訪ねたのか」

「はい、暮らしぶりを改めてくださいとお願い申し上げたのです」

「藤堂はなんと申しておった」

「素直に聞いてくださいました」

「それで。引越しの費用も持ったのだな」

「はい。致し方ございません。恩は恩としましても、このままでは長屋や近所にも迷惑がかかります」

「迷惑と言えば迷惑だな。だが、藤堂は人を傷つけたりはしなかったのだろ」

「それはそうですが、あの暮らしぶりでは子供たちは怖がってしまいますし、大人たちも気味悪くてならないというのは無理からぬことでございます。実害が出る前に引っ越してくだすって助かりました」

茂左衛門は心底ほっとしたように言った。

源之助は暗澹《あんたん》たる気持ちになりながらも、

「で、藤堂の剣の腕はどうだった」

「はあ……」

茂左衛門は意外なように口をあんぐりとさせた。

「剣だ。おまえを風体の悪い連中から守ってくれたのだろう」

「ああ、そうでした」

茂左衛門は思い出したように藤堂の剣の腕を褒め称えた。剣の腕は錆《さ》びついていないようだ。それがせめてもの慰めと言えた。

「どこへ引っ越したのかもわからぬな」

「はい、どこへ行かれたのやら」

茂左衛門は肩の荷が降りたようだ。

「ならば、もし、引越し先を知らせて来たのなら北町奉行所まで連絡をくれ」

「承知致しました」

茂左衛門は言葉とは裏腹に藤堂から連絡などくるはずがないと思っているようだ。

ともかく、藤堂はぷっつりと消えてしまった。亜紀の依頼を引き受けたものの事は安易ではなくなった。

「邪魔をしたな」

そう言い残し源之助は大黒屋を後にした。日はまだ高く日差しは麗《うらら》かである。

藤堂彦次郎、何処へ行った。

人々の侮蔑と嘲笑の中に生き甲斐をなくして彷徨《さまよ》っているかつての剣友のことが気になってならない。

源之助は神田司町の宗方道場に足を向けようかと思った。しかし、藤堂の行方が知れない以上、亜紀の顔を見るのは忍びない。いたずらに失望感を募らせるだけだ。それでも亜紀の顔を見たいという邪念が胸に沸いてくる。

「いかん」

己を諫め足早になった。そうだ。招待されたのだ。杵屋を訪ねることにしよう。祝い事があるのだ。源之助は目についた酒屋に入り、角樽《つのだる》に清酒を詰めてもらった。酒をそれほどたしなまない源之助にも心地良い酒の香りが匂い立っている。

角樽を片手に歩いているうちに日は西に大きく傾いている。すると、前方から定町廻り同心の牧村新之助《まきむらしんのすけ》と息子の源太郎が歩いて来る。小走りになって進む顔は緊張感が滲んでいた。新之助が源之助に気がつき立ち止まって頭を下げた。源太郎も緊張の面持ちのまま挨拶をする。

「急いでおるようだな」

「柳森稲荷《やなぎもりいなり》で亡骸《なきがら》が見つかったのです。報せによりますと殺されたのは武士、袈裟《けさ》懸《が》けに斬られておるそうです」

新之助の答える横で源太郎も強張《こわば》った顔をしている。

「そうか、邪魔をしてすまん。しっかりな」

そう言うと二人は軽く頭を下げ急ぎ足で走り去った。源太郎の背中が人混みに消えるまで見送る。

息子の成長を思う気持ちと、殺しと聞いて定町廻りを外された寂しさが胸に交錯する。とはいっても自分がしゃしゃり出る場合ではない。

「さて」

心を杵屋に戻し夕闇迫る往来を歩いた。

四

杵屋に着いた。

既に大戸が閉じられようとしていた。小僧が源之助に気がつき、旦那さまも若旦那さまも母屋で待っていますと笑顔で言ってきた。裏に回って木戸から裏庭に身を入れる。

見事な桜が花を咲かせていた。縁側の奥にある居間の障子が開け放たれてそこに善右衛門や善太郎、それに、奉公人たちが顔を揃えていた。

「蔵間さま、どうぞ」

善右衛門が縁側に出て来た。

「お邪魔します」

源之助は歩きながら善太郎の相手、すなわち縁談相手を探し求めた。だが、座敷にはそれらしき女の顔は見当たらない。

そうだ、祝言ではないのだ。

縁談相手を披露することなどはないな、と自分の勝手な思い込みを反省した。源之助は縁側に上がり角樽を善右衛門に手渡した。善右衛門は満面を笑みにして受け取り源之助を座敷に導いた。膳が整えられている。すごいご馳走だ。鯛の塩焼き、近海物の刺身、天麩羅、煮しめ、玉子焼き、それに飯は赤飯だ。

「これは凄い」

思わず感嘆の声を漏らす。

「わざわざ、ありがとうございます」

善右衛門が言うと善太郎も丁寧に頭を下げる。

「お招きいただきかたじけない。祝いを申さなければなりませんが、今日は何の祝いでございますか」

内心では善太郎の婚約なのだろうと思っているがまだ知らされてはいない。善右衛門はうれしそうな顔で善太郎をちらりと見る。善太郎は頭を掻いて心持ち頬を赤らめている。それから善右衛門が、

「善太郎の奴が大変な商《あきな》いをまとめたのでございますよ」

善右衛門は誇らしげである。

「ほう、それはよかった」

善太郎に視線を移した。

「そんな、大したことではないのです。おとっつあん、少しばかり大袈裟なんですよ」

「そんなことはないさ。親馬鹿かもしれないけどね、今回はおまえ本当によくやったよ」

そう言ってから改めて源之助に向き、

「善太郎の努力で弘前藩津軽さまの江戸藩邸へお出入りが叶ったのでございます」

どうやら、縁談ではないようだった。自分の早とちりを諫めたが、喜ばしいことに変わりはない。

「弘前藩とは大藩だ、大したもんだ、善太郎」

「そうでございましょう。なにせ、津軽さまは二年前から国持ち格になられたのです」

善右衛門が言い添える。

弘前藩は二年前の文化十四年（一八一七年）に幕府から蝦夷《えぞ》地警護の役目を命じられた。それに伴い表石が五万石から十万石に高直しされ、家格も城主から国持ち格に引き上げられた。当然、江戸城内における控えの間も五万石未満の外様大名が詰める柳の間から国持ち大名が控える大広間に移り、官位も従来の従五位下から従四位に引き上げられた。藩邸の表門も従来の長屋門ではない。両番所つきの長屋門だ。

全てに扱いが違うのである。そのような大名の藩邸に出入りが叶ったとは杵屋としても大きな誉れとなり、大きな広告となるというものだ。善右衛門が喜び、祝いの宴を設けるのも当然である。決して親馬鹿ではないだろう。

かつて放蕩を尽くした善太郎が見事に立ち直り、商人としてこのように大きな成果を挙げることになったとは、善右衛門の喜びが尋常ではないのは無理からぬことだし、源之助自身も喜ばしくてならない。

「よくやった。まこと、よくやった」

源之助は心の底からそう声をかけた。

「ありがとうございます」

善太郎も素直に喜んでいる。善右衛門の目には薄っすらと涙が光っていた。

ふと、藤堂彦次郎のことが思い出される。偶々《たまたま》、弘前藩ということにも妙な因縁を感じてしまった。同じ弘前藩を巡って成功を祝う者、人々の蔑みを受け何処へともなく姿を消した者、世の中様々だ。

「さ、蔵間さま」

善右衛門は料理を勧めてくれた。今晩はひとまず藤堂のことは頭の片隅に追いやり善太郎の成功を祝おう。

「今晩は飲みましょうぞ」

「おや、蔵間さまもお飲みになられますか」

「こんな時に飲む酒こそが美酒というものでしょう」

源之助は杯を差し出した。善太郎も心底うれしそうである。その顔を見ていると、うまいと感じたこともない酒も心地良いものとなった。奉公人たちもうれしそうに飲み食いを始めた。

「これも、蔵間さまのお陰でございます」

「いや、わたしなんぞではありません。善太郎がひたすら精進《しょうじん》したからですよ」

「いいえ、あの時、蔵間さまが善太郎を連れ戻してくだすったからです」

善右衛門は遠くを見るような目をした。

善太郎が源之助の前に進み出て、

「すっかりぐれていたわたしを蔵間さまは悪い仲間から連れ戻してくださいました。それだけじゃありません。この家に戻ったものの、遊び心が抜けないわたしは仕事に身が入らず、お使いに出ては盛り場を遊び歩くということをしておりました。そんなわたしを蔵間さまは根気よく叱咤してくだすったり、励ましてくだすったり、わたしは蔵間さまの根気に負け、遊びから足を洗い、まっとうな商いの道を進むことを心に決めたのです」

賑やかな宴席が静かになった。

「昔話はその辺にしておけ。しんみりしてしまったではないか。祝いの席なのであろう」

源之助に言われ、

「そうですな。明るくまいりましょう。みな、どんどん食べておくれよ」

善右衛門は満面に笑みを浮かべた。善太郎も箸を手にした。

「よくぞ、出入りがかなったものだな」

源之助の問いに、

「弘前藩の御納戸頭《おなんどがしら》水森主水《みずもりもんど》さまにお認めいただいたのです」

すると善右衛門が、

「水森さま、お誘いしなかったのかい。先程、お店にいらしたじゃないか」

「もちろん、お誘いしたよ。でもね、水森さまはお受けにならなかったんだ。今日だけじゃないよ。水森さまはどんな接待もお受けにならない」

「でも、なんかお礼をね」

「だから、文をしたためたよ」

「文……。おまえが」

「出入りが叶ったことの感謝とこれからも商いに精進しますってことを文にしたためてお渡ししたんだ」

善太郎は得意げに鼻の下を指でこすった。

「それは、よいことをしたな。善右衛門殿、善太郎も商人らしくなりました。そろそろ嫁ですな」

「それなら、源太郎さまも身を固められてもようございますよ」

「いやあ、あれはまだ」

言いながらもそれもそうだという気がした。殺しの現場に向かう源太郎はすっかり八丁堀同心の顔をしていた。

子供の成長に一番気がつかないのは親なのかもしれない。

第三章　運命の逆転

一

源之助が杵屋での祝い事に出ていた頃、源太郎は新之助と一緒に柳森稲荷の境内にいた。夕闇の濃くなった境内には岡っ引の京次が現場に野次馬が群れないよう取り仕切っている。

京次は通称歌舞伎の京次の名が示すように元は中村座で役者修業をしていたが、性質《たち》の悪い客と喧嘩沙汰を起こし、役者を辞めたのが十一年前。源之助が取り調べに当たった。口達者で人当りがよく、肝も座っている京次を気に入り岡っ引修業をさせ、手札を与えたのが六年前だ。京次は岡っ引の傍《かたわ》ら、常磐津の師匠の亭主となって暮らしを立てている。

役者を目指しただけあってやさ男然とした男前、それを聞き込みに生かしている。源之助が居眠り番に左遷されてからは新之助の下で十手稼業にいそしんでいた。

「ご苦労さまです」

京次はきびきびとした動きで挨拶をした。地には筵《むしろ》を被せられた亡骸が横たわっている。人の形に盛り上がったその姿は殺しが現実として起きたことを如実に物語っていた。

「侍だって聞いたが」

新之助は亡骸の脇に屈み込む。源太郎も側に控えた。

「結構な身形をなすってますよ」

京次は答えながら筵を捲った。源太郎は顔をそむけまいと、まるでそうすることが一人前の同心になるための条件であるかのように両の眼をしっかと見開いた。

亡骸は仰向けに倒れていた。報せの通り左の肩から鳩尾《みぞおち》にかけて一刀の元に袈裟懸けに斬られている。黒紋付に仙台平《せんだいひら》の袴。袴には折り目がきちんと付けられていた。

「どちらかの大名家の御家中でいらっしゃいましょうか」

源太郎は新之助に訊く。

「身形からしてそのようだな」

新之助は言いながら両手を合わせる。源太郎と京次も合掌した。それから京次が、

「紙入れがなくなっています。物盗りの仕業かもしれませんね。その代わりにこんな物が」

と、懐に入っていたという一通の書状を取り出した。油紙に包まれた美濃紙に丁寧に包まれていることから大事な文なのだろう。

新之助は亡骸に許しを求めるように一礼してから書状を広げた。源太郎は反射的に首を伸ばし覗き込もうとしたが、それは先輩同心への非礼だと新之助が読み終えるのを待った。新之助は複雑な表情となって顔を上げた。

「侍の素性がわかった。弘前藩津軽家の御納戸頭水森主水とおっしゃるようだ」

新之助はそれから書状を源太郎に差し出し、

「この文、杵屋の善太郎が書いたものだ」

源太郎も京次も同時に驚きの声を上げた。源太郎は新之助から文を受け取りさっと目を通した。善太郎は商いの礼を述べ立てている。新しく藩邸に出入りが叶ったこと、まずは、五十両分の注文を頂いたこと、それに対する礼がくどいくらい書き立てられ、これからも精進する旨を誓っている。その文章はたどたどしく、読むのに苦労したが、それだけに善太郎の喜びと誠意が伝わってきた。

「杵屋に行ってきます」

源太郎は言ったが、

「あっしが行きますよ」

京次が引き受けた。源太郎は判断を新之助に委《ゆだ》ねた。

「京次が杵屋に行ってくれ。我らは周辺の聞き込みだ。それから、番屋から弘前藩邸に使いを出す。その前に亡骸をこのままにはできない。番屋まで運ばないとな」

新之助は亡骸の素性がわかりいくらか安堵したようだ。てきぱきと片付け手早く指示をしていく。

「なら、自身番まで善太郎さんを連れて来ますよ」

京次は急ぎ足で日暮れ前の道を急いだ。

京次と入れ替わるように柳原通りにある自身番から番太が荷車を持ってやって来た。

源太郎と番太は亡骸に向かって合掌してから荷車に乗せた。

自身番に亡骸が運ばれて行くのを見届けてから、

「では、聞き込みを行うとしよう」

源太郎が言った。

「わたしは左へ行く、源太郎殿は右を」

「承知しました」

源太郎は柳原通りを浅草橋に向かって歩き出した。軒を連ねている菰《こも》掛けの古着屋はどこも店仕舞いをしていた。人通りもなくひっそりとしている。下手人は水森が負った刀傷からして侍である。紙入れがなくなっていることから金目当てであると窺え、浪人であるとの推測がつく。

いや、そう考えるのは早計かもしれない。物盗りの仕業と見せかけたということも十分にあり得る。となると、怨恨か。怨恨とすれば、弘前藩内の者という可能性が高いわけで、そうなれば町方の差配違いとなる。

しかし、亡骸を目の前にして、しかも殺しを目の前にして探索ができなくなるというのは納得できない。

そんなことを考えながら土手を見上げた。柳の陰で人が動くのが見えた。源太郎は素早く土手を登る。柳の側に女が立っている。黒の着物に桟留《さんどめ》の帯を締め、右手に茣《ご》蓙《ざ》を抱えていることから夜鷹《よたか》であろう。

「取り締まりではない。ちょっとだけ話を訊かせてくれ」

源太郎はできるだけ警戒心を抱かせまいと声を潜ませた。夜鷹は上目遣いに源太郎を見た。濃厚な白粉《おしろい》の匂いが源太郎の鼻先をかすめる。夜鷹は顔を俯かせたまま、

「お稲荷さんでの殺しでござんしょうか」

源太郎の胸がときめいた。いきなり目撃者に遭遇したことの幸運を喜ぶ。

「下手人を見たのか」

「はっきり見たわけじゃござんせんが」

夜鷹は自信がないのか声がしぼんでいく。

「かまわん。見たままを話してくれ」

源太郎は銭をいくらか握らせた。こうしたことに抵抗はあるが、四角四面では探索は行えないと最近になって割り切ることにした。夜鷹はおよねと名乗ってから、

「殺されたお侍さまと浪人さんがお稲荷さんに入って行くのを見ましたよ」

「浪人、どのような」

「背が高くてがっしりとした身体でした。ちらっと横顔が見えましたけど、髭だらけでどんな面差しだかわかりませんでしたね」

「それでどうした」

「柳森境内に入ってから、しばらくして浪人さんは飛び出して行ったんですよ。ああ、これは、物盗りだなと思ってたんですけどね」

浪人は土手を浅草橋の方に走って行ったという。源太郎が追いかける素振りを示す

と、

「追いかけたって無駄ですよ。もう、半時も経っているんですから」

それなら追っても無駄だ。それよりその浪人を探し出せるよう人相書を作成する方がよい。

「おまえ、番屋まで来てくれ」

「それはご勘弁くださいな」

およねは大きくかぶりを振った。

「人相書を作成するんだ」

「ですから、顔は見ていないんですって」

「背格好なんかは見ておるではないか」

「でも、これ以上関わるのはねえ、ご勘弁くださいな。これから稼がなきゃいけないし」

「いいから来るのだ」

源太郎はつい言葉を荒げてしまった。およねはおよねで益々意固地となり背中を向けた。

「聞き分けのないことを申すな」

こうなったら、意地でも自身番に連れて行かなくては気が済まない。

「強情な女め」

「行かないよ」

およねも強気の姿勢を崩さない。

「おのれ」

源太郎が焦れたところで新之助がやって来た。

「どうした。大きな声を出して」

新之助はおよねに気がついた。それからおよねに向かって、

「なんだ、およねじゃないか」

およねはばつが悪そうに横を向いたまま、

「こら、牧村の旦那ですか」

「ご存じなんですか」

源太郎が聞く。

「この辺りの夜鷹の主《ぬし》みたいな女だからな」

新之助は笑った。ここで初めておよねの顔を見た。沈みかけた夕陽を浴び朱色に染まった面差しは決して若くない、母親以上の年齢を刻んでいるようだ。つい、後ずさ

ってしまう。

「この若い同心さま、しつこいんですよ」

およねは馴れ馴れしく新之助に語りかける。

「そう申すな、蔵間さまのご子息なんだぞ」

たちまちおよねは、

「へえ、そらまた」

と、目を瞠《みは》った。

「父を知っておるのか」

それには新之助が、

「蔵間さまから度々お目こぼしをされておったのだ」

およねは一転してにんまりとして、

「蔵間の旦那お元気ですか。このところ、お見かけしないんで隠居でもなすったのかと思っていたら、こんなにご立派な坊ちゃんがいらしたんですね。ほんと、蔵間の旦那はいかついお顔をしていらしたけど、情け深いお方でね」

源太郎は新之助におよねが水森殺しの下手人らしき浪人を目撃したことを話した。

「なら、自身番で詳しい話を聞かせてくれ」

「そらもう、おやすい御用ですよ」

およねは人が変わった。

源太郎は父の仕事ぶりに改めて尊敬の念を抱いた。

二

杵屋ではすっかり盛り上がりを見せていた。善太郎は顔を赤らめ、饒舌《じょうぜつ》になって商いの様子を語った。善右衛門はそれくらいにしておけとたしなめていたが、それでもどこかうれしそうである。源之助とて今日ばかりは思う存分善太郎に喜びを味合わせてやりたかった。

夜の闇に包まれた庭の桜が優美な姿を映し出し、宴席にそこはかとない彩《いろどり》を添え、高揚した気分と相まって大そう華やいだものとなっていた。源之助は心地良い酔いに身を委《ゆだ》ねながらぼんやりと庭を眺めた。

と、裏木戸に人が立ったと思ったら京次である。源之助と視線が合い、入れと言おうとした京次は軽く頭を下げて来てくれと頼んでいる。

「妙な奴だな」

何を躊躇しているんだと首を捻りながら庭に降り立ち、木戸に向かった。

「どうした。入って来ればいいじゃないか。今晩はな、善太郎の祝い事なんだ。あいつな、大きな商いをまとめたんだぞ」

源之助はうれしそうに語りかけたが京次は顔を曇らせた。

「なんだ、そんな陰気な顔をして」

「それが、その善太郎さんに至急、柳原の番屋まで来ていただきたいんですよ」

「番屋に」

源之助は座敷を振り返った。賑やかな宴の真ん中で善太郎は恵比寿《えびす》顔である。

「殺しに善太郎さんがからんでましてね。いえ、もちろん、下手人とかいうことじゃありませんよ。殺された仏さん、どうやら、弘前藩の御納戸頭水森主水さまとおっしゃるんですけど、その水森さまのお着物に善太郎さんの文が残っていたんです」

京次の言葉が遠くで聞こえるようだ。まさしく、善太郎はその水森に気に入られ弘前藩邸への出入りが可能になった。そして、数刻前に水森と会っていた、しかも、文を手渡していたと言っていた。善太郎が水森殺しと関わることはないと思うが、水森殺しの探索を行う上で確かに話を訊かなければならないだろう。

水森の死を知れば善太郎の受ける衝撃は計り知れないに違いない。かといって知らせないわけにもいかない。知らせればたけなわとなっている宴に冷や水を浴びせることになるのは目に見えているが止むを得ない。

「わかった。ここで待て」

源之助は踵《きびす》を返した。

酔いが醒めるとはこのことだ。夜桜の優美さも華やいだ宴席も急速に遠退《の》いていく。急ぎ足で縁側を上がり、

「すまん、ちょっと」

と、善太郎と善右衛門を縁側に誘った。二人は上機嫌のまま縁側に出た。

「善太郎、心して聞け」

源之助は声を落とした。

善太郎は緩めた顔のままうなずく。善右衛門は怪訝な表情を浮かべた。

「水森主水さまが亡くなられた。何者かに斬られたのだ」

善右衛門は一瞬にして表情を変えたが、善太郎は現実感が涌かないのだろう。ぽかんと口を半開きにしたまま言葉を発しない。

「柳原の柳森稲荷で斬られた。水森さまの着物にはおまえの文が残されておった。これから番屋まで行き話を訊かせてくれ」

源之助はゆっくりと嚙んで含んだように言って聞かせた。ここに至って、

「わかりました。水森さまが……、一体誰が……、なんということだ」

善太郎は水森の死を受け入れ目をうつろに彷徨《さまよ》わせた。

「善右衛門殿、わたしも一緒に行ってきます」

善右衛門は表情を引き締め、

「よろしく、お願いします。善太郎、恩を受けた水森さまのためにしっかりと証言するんだよ」

「ともかく、行ってきます」

善太郎は袷の襟を寄せ酒で火照った頰を両手で張った。それから、宴席を振り返り、

「おとっつあん、みんなには黙っていておくれ。このまま楽しませて欲しい」

「わかったよ」

善右衛門はしっかりとうなずいた。善太郎は座敷で水を飲むと、

「蔵間さま、ご面倒をおかけします」

しっかりとした受け答えに善太郎の成長を感じることができた。

二人は裏木戸に向かった。京次が待っていた。

「お楽しみのところ、すみませんね」

「とんだことになったものです」

善太郎は気を引き締めるように言うとしっかりとした足取りで夜道を歩き出した。

柳原の自身番に着いた。

土間に筵を被せた亡骸がある。

「ご苦労さまです」

新之助が挨拶をした。横で源太郎の神妙な顔もある。さらには、見覚えのある夜鷹もいた。

「およねか」

いささか意外な気になりそう声をかけた。およねはにっこり微笑んで挨拶をした。

源太郎が、

「この者、下手人らしき男を見たようなのです」

「ほう」

源之助は返したがその前に善太郎を促した。善太郎は口を硬く閉ざし筵の側に寄った。番太が筵を捲ると善太郎は眉間に皺を刻んだ。そして、しっかりとした口調で、

「水森さまです」

そう小さな声ながらはっきりと答えてから水森の亡骸に向かって合掌した。肩が小刻みに震えている。

源之助は視線をおよねに転じた。源太郎がおよねの証言を披露した。

「すると、その浪人者が下手人ということか」

源之助は新之助に視線を転ずる。

「目下のところ、そう考えて間違いないと存じます」

「物盗り目的のようですよ」

源太郎が補足した。

善太郎が立ち上がり、

「下手人、なんとしても捕らえてください」

と、顔を真っ赤にした。

「ああ、絶対に捕らえてやるとも」

源太郎が応じる。

「勇ましいことですね」

およねは薄く笑った。

「なにを」

源太郎は小馬鹿にされたようでつい興奮したが源之助に制せられ、

「それよりおよね、人相書を作成せねばならん。しかと協力しろよ」

「わかってますよ」

およねはしおらしく返事をした。幸い、自身番の書役の中に絵の達者な者がいた。絵師を志しただけあって、およねの証言を元に絵にすることができそうだ
その間に善太郎は水森との関係を説明し最後に今日杵屋で会っていたことを話した。

「わたしはお礼をしたかったのです。しかし、水森さまは礼金だとか接待は絶対にお受けにならないお方なのです。今晩もごく内輪の宴席を行います、しかも自宅で行うのですからとお誘い致したにもかかわらず、頑としてお受けにならず、帰っていかれました。それで、わたしは感謝の気持ちを込めた文を手渡したのです」

善太郎は切々と語った。

「殺されたのは柳森稲荷、弘前藩邸は本所だ。柳原通りに出て大川に向かい、両国橋を渡って藩邸へ帰って行かれる途中だったのか。それとも、水森さまはどこか立ち寄るということを申されておったか」

源之助の問いかけに、

「いいえ、特には」

善太郎はかぶりを振った。

「帰り道を狙われたということか」

源之助は首を捻った。それとも、どこかへ行く用事があったのか、それともぶらぶらとそぞろ歩きを楽しむ、たとえば桜を愛《め》でる、というようなことくらいはしたかもしれない。

そこへ、

「御免」

太い声がした。

すぐに戸が開き大名屋敷の中間《ちゅうげん》らしき男たちが二人入って来たと思うと身形の整った中年の武士が続いた。おそらくは弘前藩の者であろう。案の定、

「番屋からの報せでまいった。拙者、弘前藩御納戸役三田村格之進《みたむらかくのしん》と申す」

三田村は角ばった顔の中年男で所作がきびきびとし、歳は源之助よりも二つか三つ上のようだ。新之助が、

「夜分、ご足労をおかけしました。弘前藩の水森さまと思《おぼ》しき亡骸が見つかりましたので、お報せ致しました。まずは、お検《あらた》めください」

と言って亡骸まで案内した。三田村は厳しい顔つきで筵の脇に立った。番太が筵を

捲る。三田村は一瞥しただけで、

「確かに当家の水森主水でござる」

そう告げてから膝をつき、両手を合わせて瞑目《めいもく》した。しばらく、三田村が合掌を終えるのを待った。三田村はやがて顔を上げ、

「下手人は、この傷を見れば侍と思われるが」

新之助が、

「一人怪しい者が浮かんでおります。浪人です」

「ほう、浪人」

三田村が呟いた時、

「できましたよ」

およねの声がした。源太郎が人相書を手にした。

三

「なんだ、これ」

新之助は素っ頓狂な声を上げたがそれから三田村を憚ったのだろう。あわてて口ご

もり、

「いや、これではどんな顔だかわからんな」

そう言ったように人相書の顔はほとんど髭である。月代、無精髭、浪人なのだから当然と言えば当然なのだが、これではいかにも漠然としている。こんな浪人、江戸市中にはごろごろしている。

ただ、但し書きには背丈が六尺近く、薄汚れた黒羽二重の紋付、よれよれの草色の袴、がっしりとした身体とあった。

「人相がわからんではないか」

新之助がおよねに言うと、

「ですから、言ったじゃありませんか。顔は見ていないって。それを無理に証言させたんですよ」

いかにも不満そうだ。源太郎がそれに文句をつけようとした時、

「ならば、これにて」

三田村は中間《ちゅうげん》に水森の亡骸を運ばせた。表に駕籠を待たせているという。藩邸に引き取り、しかるべく処置をするのだろう。三田村は新之助を呼び、

「このこと、公にはしないでいただきたい」

「承知致しました」

「下手人がどうであれ、藩の要職にある者が行きずりの浪人に斬られたとあっては当家の恥。貴殿もご存じと思うが、当藩は二年前から国持ち格。殿さまは御城では大広間詰めだ。その看板に泥を塗るようなことがあってはならない。それに浪人に斬られたとあっては水森殿自身の名誉にも関わる。水森殿の死は穏便に取り計らいたいのでな」

　三田村は有無を言わせない強い物言いだ。

「承知しました。あくまで下手人は追いますが、水森さまのことは公にはせず、隠密で下手人探索を行おうと存じます」

　新之助は頭を下げた。

「では、頼む」

　三田村が出て行こうとすると善太郎が、

「あの、わたくし、日本橋長谷川町の履物問屋杵屋の主人善右衛門の倅で善太郎と申します。水森さまのご厚情を受けました。水森さまの野辺《のべ》の送りには末席にでもつらなりたいと存じます」

　善太郎の表情は誠で満ち溢れていた。

三田村は、

「相わかった」

それは馬鹿に素っ気ないものだった。肩透かしを感じたのは善太郎ばかりではない。源之助も同じだ。三田村は感情の籠らない目をして表に出た。

源之助は追った。

「しばし、お待ちくだされ」

三田村は振り返り、鮫のようにどんよりと冷たい目を向けてきた。

「拙者、北町の同心、蔵間源之助と申します。つかぬことをお訊きしたいのです。水森さまの一件ではございません」

三田村は身構えた。

「藤堂彦次郎についてです」

三田村の目が動いた。明らかに藤堂を見知っているようだ。

「貴殿、藤堂を存じておるのか」

「若かりし頃、共に神田司町にある宗方修一郎道場にて剣の修行をした仲でございます。それが、一昨日、飛鳥山で偶々再会を果たしました」

「ほう、そうであったか。あの者、国許を逐電《ちくでん》をしてから四月《よつき》あまりになる。江戸に来ておったとは」

「ご存じございませんでしたか」

「知らん」

「逐電と申されましたが、どのような事情ですか」

「表立っては逐電ではない。あくまで、藩を離れたことにした。あの者、酒癖が悪くてな、宴席で上役に毒づいたりしておった。それが、いつしか目にあまるようになった。藩の政《まつりごと》まで批判をするようになったのだ。それでとうとう」

藤堂は上役から言動を咎められた。

「それが、ある日、咎められたにもかかわらず、屋敷を抜け、そのまま何処へともなく去って行った。事実上の逐電だな。あの者、いかにしておった」

「浪人として駒込の裏長屋に住んでおりました」

「酒はやめたのか」

「やめてはおりませんでした」

「まったく、しょうのない奴だ」

三田村は吐き捨てると駕籠を伴いそのまま立ち去った。

「まさか」

源之助は呟いた。

水森主水を殺害したのは藤堂彦次郎ではないか。

いかにも取って付けたような考えである。単に藤堂が弘前藩に仕え、殺されたのが弘前藩の要職にある者。藤堂は突然に姿を消した。それは紛れもない事実だが、単に事実を羅列しているに過ぎない。そのことだけを見て、水森殺しの真相を喝破《かっぱ》したと思うのはいかにも早計に過ぎる。

だが……。

これは想像でしかないのだが、三田村の話によると藤堂は藩の政について相当に不満を抱いていたという。浪人をした理由が藩政への不満。そして、それを抱いて江戸に出て来た。不満を晴らすため水森を斬った。いかにも一本気な藤堂ならやりかねない。

では、何故江戸にやって来たのか。

初めから水森を狙っていたのか。

藩を離れた経緯を思えば国許にはいられなかっただろう。かといって、弘前藩領以外の土地で浪人がそうそう暮らせるはずがない。それで仕方なく江戸に出て来るしかなかったのかもしれない。

だが、うがった考えかもしれないが、藤堂が目的を持ってやって来たのだとしたら。

それが、水森斬殺なのだとしたら。

考え過ぎだろうか。

少ない材料での推量はうがち過ぎであろうか。

もし、この考えを推し進めるのなら、水森主水が藤堂の怒りを買うような言動に及んでいたかどうかを突き止める必要がある。

今の時点では、藤堂が藩政を非難して逐電したということにのみ立っての推量だ。早合点と非難されても一言もない。

そんなことを考えながら夜風に包まれていると、自ずとくしゃみが漏れた。それを聞きつけた源太郎が、

「父上、お風邪を召されますよ」

と、番屋から顔を出した。

「そうだな」

源之助は言いながら番屋に戻った。善太郎は頭を抱えている。

「おい、しっかりしろ」

善太郎の肩を叩いた。善太郎は先ほどの元気はどこへやら、まるでこの世の終わり

とてもいうような表情だ。

「衝撃を受けたのは無理からぬであろうが、おまえが、弘前藩邸に道をつけたことは厳然たる事実だ。現に五十両の商いをまとめたのであろう。たとえ、水森さまは亡くなられても弘前藩邸に出入りが叶ったことには変わりがない。胸を張ればよい」

「でも、水森さまは亡くなられてしまったのです」

「それは受け止めねばならん。冷たいようだが、死んだ者は生き返らないが、おまえが開いた商いの道は今後も続くのだ」

善太郎はそれでも納得ができないのかしょぼくれた顔のままである。

「水森さまとはいかなるお方であった」

善太郎はきっとした顔になり、

「それは立派なお方でした」

「おまえの話では接待や礼金の受け取りなども受け付けなかったということだったが」

「そうです。まこと、公明正大なお方でした。弘前藩は二年前から国持ち格になられ、その体面を保たねばなりません。それ故、藩士や奉公人も増やしたそうです。ところが、収入が増えたわけではなし。あくまで、表の石高のみが増えただけ。実収入が増加したわけではないのです。ですから、水森さまは藩の台所を少しでも改善するため、出入り商人の選定をやり始めたのです。わたしは、そこに商いの機会を見出しました。連日にわたって藩邸に通い杵屋の履物の素晴らしさを訴え、見積もりを出しました。それを水森さまはお認めくださったのです。既存の出入り商人たちは奥方と結びついていたり、さんざん、甘い汁をすっておったのです。それを水森さまは悉《ことごと》く退けられました」

善太郎は水森を誇る風だ。

「ということは、敵も多かったのかもしれんな」

源之助はぽつりと漏らした。ということは、浪人の仕業というのが引っかかる。藩内の政争の挙句《あげく》殺されたとなると浪人単独での行いではないのかもしれない。

「とにかく、絶対に下手人を挙げてください。でないと、わたしは」

善太郎はよほど感情が激したのか目に一杯の涙を溜めた。

「まあ、任しておけ」

源太郎が側にやって来た。善太郎は信頼をこめた目でうなずく。

新之助が、

「ならば、明日からこの人相書を元に聞き込みをするか」

「はい」
源太郎は力強く応じた。

四

それから、源太郎と新之助は後処理のため番屋に残った。源之助は善太郎と一緒に杵屋に戻った。善太郎は源之助に送られることを遠慮したが、夜道であるし善太郎の受けた打撃を思えば無理にでもついて行ってやろうと思った。それに、善右衛門もさぞや気を揉んでいることだろう。

善太郎が杵屋の屋号が記された提灯を持ち足元を照らしながら夜道を急ぐ。濃い闇に閉ざされた町屋はどこも大戸が閉じられ上弦の月のほの白い明かりにおぼめいている。人気《ひとけ》はなく、犬の遠吠えが静寂を際立たせていた。

善太郎は口を閉ざしている。水森の死、それによって受けるかもしれない今後の商いに対する不安、それらが頭の中で渦巻いているのだろう。声をかけることも憚《はばか》られ、源之助も無言で歩く。提灯の灯りが闇に滲みゆっくりと動いていく様は遠目には不気味なものに映ったかもしれない。

神田小柳町《こやなぎちょう》に差し掛かった。ここに来るまでは意識していなかったが、宗方道場はすぐそこである。左手に黒板塀が見えてきた。松の枝が往来に伸びている。まごうことなき宗方道場だ。見るともなしに目が向いてしまう。道場は既に稽古を終え、眠りについているようだ。

亜紀の思いつめたような表情が目に浮かぶ。板塀の向こうに見える母屋につい視線を注いでしまう。今頃、亜紀は藤堂の身を案じながら床の中にいるのだろう。自然と歩みが鈍くなった。

「蔵間さま、いかがされました」

善太郎はそんな源之助をいぶかしんだ。

「いや、なんでもない。つい、考え事をしておった」

悪戯《いたずら》を見つかった子供のようについ言い訳めいたことを口に出してしまう。気を改め前方を見ると黒い影が動いた。源之助は善太郎の提灯を影に向けた。影の動きが一瞬、止まった。

浪人、しかもまごうことなき藤堂彦次郎である。そう気がついた時には藤堂は走り去ろうとした。

「ここで、待っていてくれ。動くなよ」

そう言い置いて源之助は藤堂を追う。暗闇に向かって、

「待て、話がある」

必死に呼ばわった。だが、藤堂は振り返ることなく走って行く。源之助が追いかけようとした時、

「蔵間さま」

善太郎の悲鳴が聞こえた。

源之助は立ち止まる。藤堂は闇に呑まれた。大急ぎで善太郎の所に駆け戻る。善太郎の前に風体怪しげな男たちが二人立っている。どうやら金品を要求しているようだ。

源之助はそのまま駆け寄り、

「やめろ」

と、甲走った声を浴びせた。男たちは泡を食ったように振り向く。ところが、興奮しているせいか何事かわめき声を上げ匕首を源之助に向けてきた。

源之助は左から来た男の足を払う。男はもんどり打って往来を転がった。次の瞬間には右手から来た男に抜き打ち様、峰を返して胴を打った。この男もくぐもった声で道を這い蹲《つくば》った。

「行くぞ」

善太郎に声をかけ夜道を急いだ。

「さすがは蔵間さま、鮮やかなお手並みでございますね」

善太郎は眼前で源之助とやくざ者の立ち回りを見て興奮を隠せないようだ。

「おまえも剣術修行をしてはどうだ」

善太郎の気持ちが幾分か和らいだようで軽口をたたいた。

「剣術ですか、確かに商人でも道場に通っている者はおりますよ」

善太郎が言うように町道場は侍ばかりではない。剣術に興味を持った町人たちの中にも熱心に通う者がいた。中西派一刀流の道場が防具と竹刀を採用したために町人でも気安く剣術に取り組めるようになったからだ。

「そこの宗方道場、わたしはあそこで剣術修業をしたのだ」

善太郎は思案をする風だったが、首を横に振り、

「やめておきます。わたしは商人の修行をしなければなりませんから」

「よくぞ申した。その通りだ」

「ところで、蔵間さま、どうされたのですか。急に走り出したりなさって」

「知人を見たような気がしたのだ」

「こんな夜更けにですか」

「人違いだったがな」

源之助は藤堂のことは黙っていた。

藤堂が宗方道場にやって来たということは、亜紀と会うことを望んでいるということだろう。とすれば、自分が探し出すまでもなく亜紀は藤堂との再会を果たせるかもしれない。

だが、こんな夜更けにこっそりと辺りを憚るようにやって来たということは、それなりの理由が潜んでいるようだ。

その理由とは……。

やはり、水森殺しは藤堂の仕業なのか。それで、追われるように夜道を徘徊したのではないか。

藤堂への疑いは濃くなるばかりだ。

そんなことを考えているとつい口数が少なくなってしまう。

ところが、善太郎は興奮冷めやらぬ様子でさかんに商売のことを語っていた。二人はやがて杵屋に戻った。

裏木戸から中に入ると既に宴席は終わっている。行灯の淡い灯りが寂しさを誘っていた。善右衛門はまだ起きているようだ。案の定、善右衛門は縁側に出て来て源之助に挨拶をした。源之助と善太郎は縁側から居間に入った。

「ご苦労さまです」

「やはり、水森さまだったよ」

善太郎は番屋でのことを報告した。善右衛門は唇を噛み締め水森の冥福を祈るかのように両手を合わせた。

「これから、よほど気を引き締めて商いに邁進《まいしん》しないといけないよ」

「わかっているよ。水森さまが開いてくだすったんだ、これから、きっちりとした商いをしていくことが恩返しになるんだ」

善右衛門は善太郎の大人びた様子にうれしそうに目を細めた。

「善右衛門殿、善太郎はすっかり一人前の商人になったようですね」

源之助も賞賛の声を惜しまない。

「それもこれも、蔵間さまが」

善右衛門が源之助のことを賞賛しようとしたため、

「いや、それは、もういいでしょう。確かにわたしは善太郎をやくざ者の手から連れ戻したが、それは真人間になるきっかけを与えただけ。それからの商人としての精進は善右衛門殿や杵屋のみな、それに何より善太郎の精進の賜物というものです」

源之助は心底からそう思っている。善右衛門は小さく首を縦に振って源之助の言葉を受け入れた。

「さて、では、これで」

源之助は腰を上げた。

「今日はありがとうございます」

善右衛門が言うと善太郎も頭を下げた。それから、

「水森さま殺しの下手人、必ずや捕らえてください」

「わたしが請け負うことではないが牧村に任せておけば間違いないだろう」

善太郎は大真面目な顔で、

「源太郎さまもしっかりなすってますよ」

「いや、あいつはまだ見習いの身だ」

「御身分はそうかもしれませんが行いは一人前の同心さまと思いますよ」

「善太郎がそう言っておったと倅に言っておく」

なんとなく胸が温かくなった。先ほども思ったが、知らず知らずのうちに子供というものは成長をするものかもしれない。今のところ、源太郎もまじめに同心としての

修練を積んでいる。

――久恵に感謝しなければな――

もちろん、それを口に出すことはできない。が、それでも久恵には伝わると思うのはあまりに身勝手というものか。

雲の間から降り注ぐ月明かりが妙に艶めいていた。

第四章　老いらくの恋

一

翌五日、源之助は一旦出仕をして昼間になると奉行所を出た。水森殺しの探索は新之助と源太郎が行う。そのことに口を差し挟むつもりはない。となると気になることは藤堂の行方と山波の息子平助からの依頼である。すなわち、千津という芸者だ。柳橋界隈で座敷に出ていたということだ。ということは京次の女房お峰に聞くに限る。

そう思い神田の京次の家にやって来た。家が近づくにつれ、三味線の音色がする。京次は留守だろう。格子戸を開け、訪《おと》ないを入れる。

三味線の音が止み、

「おや、旦那、ようこそ」

お峰《みね》の前に男がいる。男も三味線を奏でていることから稽古にやって来たようだ。

「稽古中か、出直すとする」

声をかけると男が、

「気になさるな」

「ああ」

思わず声を上げてしまった。聞き覚えのある声、見覚えのある小さな背中、まさしく山波平蔵である。山波は三味線を脇に置いて振り返ると、

「ひどいものをお聞かせしましたな」

と、にんまりとした。

「丁度、一休みしようと思ったところですよ。旦那、上がってくださいな。お茶でも淹れますから」

お峰は屈託のない調子でそう言うと台所へ向かった。

「いやあ、三味線はなかなか面白いですな。しかし、難しい。頭の中ではわかっておっても指がついていかない、歳のせいか、稽古が足りないせいか」

山波らしい探究心を示した。

「どうして三味線を習おうと思われたのですか」

内心では千津が関わっているに違いないとは思いつつも挨拶代わりに尋ねる。

「まあ、気紛れと申しますか。好奇心が疼いたとでも申しますか。蔵間殿が始めたということを思い出しましてな。それで、やってみたくなった次第。いやあ、よかった。お峰に習って本当に。とても親切だし、美人だし」

山波は顔中を笑みにした。お峰が茶と羊羹《ようかん》を持って来た。

「なんです、わたしの悪口ですか」

「違う、違う。こんな美人に三味線を習うことができて幸せだと申しておったところじゃ、のう、蔵間殿」

「そうだ」

源之助も笑顔で応じる。

「山波さまったら、本当に面白いことばっかりおっしゃるんですから。これ、山波さまのお土産ですけど」

お峰は羊羹を示した。

「いただきます」

山波はすっかりお峰と馴染んでいる。

「山波さま、本当に筋がよろしいのですよ」

「さすがは、山波殿だ。山波殿は俳諧、絵、書など非常に多趣味でな。そのいずれもが玄人はだしときておるから凄い」

「やはりね、器用なお方だと思っておりました」

「まあ、これまでいかに平穏のうちにのほほんと生きてきたかですな。泰平の世にしか生きられぬ、いわば、異端の武士でござるよ。わしは」

山波は淡々と言った。

「いや、どうしてどうして、わたしなんぞは及びもつかない。山波殿について色々とかじってはみたもののどれも長続きはせん。まったく、情けないやら」

源之助は面《おもて》を伏せた。

お峰はくすりと笑った。

「どうした。三味線のことを言いたいのであろう」

源之助は居眠り番となった直後、暇を持て余し何か趣味を持たねばならないと思い立ってお峰に三味線を習ったことがあった。しかし、一向に上達しないことからつい足が遠退き、尻切れとんぼとなったのである。

「人には向き不向きというものがございますから」

お峰の気遣いが余計に気に障る。源之助は恥ずかしさをごまかすため、茶を啜った。

「そう、そう。何か御用でしたっけ」

お峰に問われたものの山波が横にいたのでは千津のことは訊けない。

「京次にちょっとな。出かけておるのだろ」

「旦那も昨晩、ご一緒だったでしょ。殺しがあったとこで朝から駈けずり回っておりますよ」

「そうだろうな」

源之助はむしゃむしゃと羊羹を食べた。山波も美味そうに茶を飲み、

「殺しですか、どちらで」

「柳森稲荷の境内です。素性は明かせないのですが、さる藩の要職にあるお方でした」

「それは、厄介な一件ですな。それにしましても蔵間殿は今でも殺しの探索をなすっておるのですか」

「そういうわけではござらん。昨晩は偶々《たまたま》です」

「詳しいことはお訊きしませんが定町廻りの頃の血が騒ぐのですかな」

「まあ、そういうことで」

源之助は曖昧に言葉を濁した。山波は三味線を爪弾き小唄をうなった。さすがに山波は器用だ。聞きほれるまではいかないが、不愉快にはならない。それなりに聞かせる。お峰も合わせるように手で調子を取った。

一人、源之助のみが取り残されたようでいたたまれなくなった。

出直そうと腰を浮かしたところで、

「では、今日はこれまでにします」

山波が先に腰を上げた。

「至りませんで」

お峰は挨拶をした。

「なんの、ここに来るのが楽しみだよ。またな」

山波は三味線を持ち飄々《ひょうひょう》と家を出て行った。

まだ、昼八つ（午後二時）を過ぎたところだ。ひょっとして千津の所に行くのか。今日の稽古の成果を千津に披露するのではないか。

そんな気がしてならない。

山波の姿が表に消えたところで、

「邪魔したな」

と、源之助も腰を上げた。

「おや、もう、お帰りですか」

「ひとまずな。また、来る」

「夜にならないとうちの人は戻って来ないと思いますよ」

「わかった」

生返事をして表に出る。

山波を尾行することなどいささか心苦しいが、平助の依頼を引き受けた以上何もしないわけにはいかない。

山波は三味線を抱え歩いて行く。武士が三味線を持ち歩く姿は当然ながら目立つものだが、山波の場合決して浮いているわけではなく不思議と似合い、町並みにも溶け込んでいる。それが源之助には何ともおかしくてならない。そうは思っても油断なく目配りをして歩いて行った。

山波は軽やかな動きで雑踏を縫うようにして歩き柳原通りに出た。柳森稲荷が目につく。当然ながら水森殺しのことが頭に浮かんだが、それはひとまず頭の片隅に追いやり山波の姿に集中する。山波は建ち並ぶ古着屋の店先を時折冷やかしながら楽しげである。

源之助はつかず離れず、天水桶《てんすいおけ》の陰やら人混みやらに身を隠し、尾行を続けた。山波はやがて、浅草橋に至りそれを右に折れた。薬研堀《やげんぼり》である。

山波は薬研堀の一角にあるしもた屋に入った。平助が言っていた千津の家に違いない。源之助はその家の裏手に回った。じきに山波の声がした。裏木戸の真向かいにある柳の木陰に身を寄せる。

狭い庭があり、心地良い春の日差しが降り注いでいる。山波は縁側で日輪の恩恵を身体中に受けるように口を開け天を振り仰いだ。やがて、女がやって来て山波の背中に回った。

千津のようだ。

千津は歳の頃、二十四、五。下膨れで色が浅黒く、決して美人ではない。不謹慎なことに源之助は失望を禁じ得なかった。平助の話を聞き、自分の頭の中で勝手な千津像を作り上げていた。初老の男を籠絡する女狐。妖しい魅力に溢れた容貌をしているだろうとの思い込みである。

目の前にいる千津は狐というよりは狸である。籠絡とは程遠い親孝行といった様子で山波の肩を揉んでいる。日向ぼっこを楽しむ父親と孝養を尽くす娘である。

山波はうれしそうに伸びをすると、三味線を手に持った。それから、心持ちはにか

んで右手に撥《ばち》を持つとそのまま弾いた。それを横に座って千津は微笑みながら聞いている。時折、

「お上手」

と、いう誉め言葉をかける。山波は溶けそうな面持ちでそれに応えた。まことに微笑ましい光景である。

山波は心からこの時を楽しんでいるようだ。老いらくの恋なのだろうか。果たして千津というのはどのような女なのだろうか。ここから見ているだけでは悪女には見えない。だが、これだけで判断することはできない。

近所の評判を確かめるのが当然というものだろう。

二

源之助は近所の女たち、棒手振《ぼてふ》りたちに聞いた。答えは様々だ。良く言う者、悪く言う者さまざまである。いわく、親切だ。いわく、性悪だ。いわく、男好きだ。いわく、年寄り殺し。

などなどある。

今の住まいもどこかの大店の隠居に買い与えられたらしい。隠居が死に、それをもらって住み着いているのだという。見てくれは十人並みだが、好いものを持っているらしいと下卑た笑いを浮かべる者もあった。

源之助はなんとも判断がつかない。

こうなったら、いっそのこと山波本人に確かめるのがいいのかもしれない。

そう思い、一旦、山波の色恋沙汰から離れ藤堂のことを追うことにした。

藤堂の住んでいた長屋にやって来た。今更、評判を聞いたところで同じだ。野良犬のような男だと言われるに決まっている。だが、何かが気になる。

そう思って長屋に足を踏み入れた。すると、一人の娘が近づいて来る。

「昨日、いらしたお役人さまですか」

娘はみすぼらしい着物を着ている。歳の頃、十五、六といったところか。

「そうだが」

精一杯に顔を柔らかにする。

「藤堂さまのこと、みな、悪くばかり言いますけど、わたし、そうは思えないのです」

「ご馳走になりました」

お末は元気に竹の皮に包んだ御手洗団子を受け取り走って行った。源之助はお末の姿が見えなくなるまで見送った。

やはり、藤堂彦次郎は腐っていなかった。あれは芝居だったのだ。

長屋に来たのは無駄ではなかった。

若かりし頃、共に剣の修行に打ち込んだ藤堂が決して堕落をしたわけではないということがはっきりした。だが、それは同時に水森殺しが藤堂の仕業であるとの疑いを一層深めることにもなる。

「藤堂、何処へ行った」

霞がかった青空へ放つ源之助の言葉は虚しい響きとなって消えていった。

ふと、このこと、新之助や源太郎に言うべきではということが脳裏を過《よ》ぎった。二人はしゃかりきになって水森を斬ったと思われる浪人を追っているのだ。現に京次はおよねの証言に基づくはなはだ心もとない人相書を頼りに朝から足を棒にして下手人探索にいそしんでいた。

そうした努力を尻目に極めて疑わしい下手人候補を知りながら、知らぬ振りをしていてよいのか。かつての剣友を売ることはできない、あるいは、しかとした証《あかし》がないという理由で藤堂の存在を明らかにしなくてよいのか。

源之助は私情と公務の板挟みに初めて遭遇した。これまでになかったことだ。しかも、よりによって、公務たる水森殺しに自分がひときわ目をかけた牧村新之助と我が息子源太郎が関わっている。その上に水森には杵屋善太郎がからんでいるのだ。

人間関係の糸が二重三重にからみついた水森殺害事件。

その下手人が己と因縁浅からぬ男、藤堂彦次郎であるかもしれない。

いや、そう決まったわけではない。

そう考えるのは早計だ。

「いや」

こうまで事実が重なるということはそれが単なる偶然ではないと考えねばならないだろう。現実から目をそむけてはならないのだ。逃げてはならないのだ。

一人の町方同心として、一人の武士としての生き様が試されているのかもしれない。

源之助はいやが上にも緊張を抱かずにはいられなかった。

三

源之助は宗方道場を訪ねることにした。こうなったら、わかっているだけのことを亜紀に伝えねばならない。

日没間近い空は雲行きが怪しくなっている。一雨くるか。そう思いながら道場に入った。入って右手が道場だ。そこでは稽古が行われている。亜紀の弟健太郎《けんたろう》が指導に当たっていることだろう。すっかりご無沙汰になっている。師の三回忌で訪れた時は多忙だったこともあり、道場には足を踏み入れなかった。今更、健太郎の顔を見ることは遠慮される。

母屋に足を向けようと思ったところで老人が声をかけてきた。下男の睦五郎である。睦五郎はすっかり白髪になった髪を掻きながら、

「蔵間さまではございませんか」

と、顔中をくしゃくしゃにした。

つい顔が綻んでしまう。かつて青春の日々を過ごしたこの道場で源之助を知る者と会い懐かしさがこみ上げる。

「今日は……」

睦五郎は今日のご用件は、と聞きたいようだがすぐに口を閉ざした。きっと、亜紀を訪ねて来たと思っているのだろう。源之助もうなずき、

「奥さまはおられます」

と、母屋に向いた。

「では、上がらせてもらうぞ」

格子戸を開ける。睦五郎が、

「奥さま」

と、呼ばわった。源之助は玄関に上がり、奥に進む。すぐに、亜紀が現れた。亜紀は源之助がやって来ることを期待していたのだろう。わずかに目元を緩ませた。

「先生にご挨拶をさせていただきます」

まずは、恩師宗方修一郎の仏前に挨拶をしなければならない。

「ご丁寧にありがとうございます」

少しでも早く藤堂のことを訊きたいのだろうが、さすがにそれはできず源之助を仏間に導いた。黒檀《こくたん》の仏壇の前に座り、灯明《とうみょう》が灯された位牌に向かって両手を合わせる。すっかり、稽古から遠退いていることを詫び、藤堂と再会したことを報告した。

それからおもむろに亜紀に向いた。亜紀は黙って隣室と隔てている襖を開いた。庭に面した居間である。すぐに茶が運ばれ、亜紀と対した。

「本日まいりましたのは、藤堂のことです」

「主人の、あ、いえ、藤堂の行方、わかりましたでしょうか」

亜紀は堪らず身を乗り出した。

「わかりません」

正直に言った。亜紀の目は一瞬にして失望へと沈んだ。

「わかりませんが、実を申しますとわたしは偶然から藤堂に会っていたのです」

「……。それは何時《いつ》のことですか」

「亜紀殿がわが屋敷を訪ねて来られた日、一昨日のことです」

「そんな……」

亜紀は動揺と共に疑念を投げかけてきた。どうしてそのことを話してくれなかったと言いたいのだろう。

「亜紀殿に黙っていたことはこの通りお詫びします」

源之助は丁寧に頭を下げた。亜紀は無言で理由を問いかけてきた。

「亜紀殿にお伝えしなかったのは、藤堂の姿があまりにも変わり果てたものだったたからです」

　源之助は飛鳥山で会ってからの藤堂の様子を語った。

「ですから、ただちに亜紀殿にお引き合わせすることが憚られたのです」

　亜紀は黙っていた。

「しかし、藤堂は決して腐ってはいないと思います」

　亜紀は小首を傾げる。

「藤堂は、何かしら目的を持って江戸に来たのではないでしょうか」

「どのような目的ですか」

「その前にお聞かせください。藤堂は弘前藩の藩政を憤《いきどお》っておったというようなことはなかったですか」

　亜紀の目が泳いだ。

「どうだったのです」

　つい、強い口調になった。

「確かに藤堂は藩の政について不満を抱いておったようです」

「そのことで亜紀殿にも何か言いましたか」

「藩に奸臣《かんしん》がおると申しておりました」

「奸臣とは」

「藩を食い物にしておる、というようなことを……」

「奸臣は誰と」

「そこまでは申しておりませんでした」

「国許ではなく江戸の藩邸におると申しておりませんでしたか」

「そのようなことを申したことがございます」

亜紀は不安そうに小さくうなずいた。

「では、お訊きします。江戸藩邸の御納戸頭水森主水さまをご存知か」

「さて」

亜紀は記憶の糸を手繰《たぐ》るように視線を泳がせた。

「わたくしは江戸藩邸の方々とはほとんど面識がございません。ですが、その、水森さまがどうかしたのですか」

「昨日、殺されました」

「まあ……」

亜紀は口をぽかんと開けた。

「そして、その後、わたしはこの道場の近くで藤堂を見かけたのです」

源之助は目撃の様子を語った。

亜紀の目は疑念から驚き、そして恐怖へと変わった。

「それは、藤堂が水森さまを殺したということでしょうか」

亜紀の声は震えている。

「そうと決まったわけではありません」

「でも、お話の状況からしますと藤堂が水森さま殺しの下手人ということになるのではございませんか」

「まだ決め付けられません」

源之助の声は大きくなった。

「でも……」

亜紀は悲痛に顔を歪《ゆが》めた。

「とにかく、藤堂はこの道場を窺っておりました。きっと、亜紀殿に会いに来たのでしょう。藤堂は亜紀殿に会いたがっているのです。ですから、きっと、そのうち、やって来ると思います」

「わたくしはどうすれば」

「それは……」

源之助は口ごもった。源之助とてどうしたらいいのかわからない。水森殺しを自白せよと言うのもおかしい。

「蔵間さまの所にお報せします」

「そうしてください」

そんなことしか言えない自分が情けなくなりいたたまれなくなった。

源之助は腰を上げた。

「なんだか、思いもかけずに大変なことになってしまいまして誠に申し訳ございません」

「そんなことはございません」

源之助は立ち去ろうとしたがふと、

「そうだ。わたしが、今一度、この道場で手合わせをしたがっていると申し伝えてください」

「わかりました」

亜紀はこの時になって初めて笑顔を見せた。

「では、これで」

「その日が来ることを楽しみにしております」

「わたしもです」

源之助は母屋を出た。亜紀は玄関で深々と頭を下げた。母屋を出ると睦五郎が待っていた。

「また、いらしてください」

「ああ、そうする」

「あの……」

睦五郎は遠慮がちに声をかけてきた。

「どうした」

睦五郎は門を出て、

「奥さま、まことにお気の毒でございます」

「どうしてだ」

「昨年の末に江戸にお戻りになられ、道場ではそれはもう肩身の狭い思いをなすっておられます。気丈なお方ですので、口には出されませんが、道場の門人方には出戻りだとか、離縁されたとか陰口をたたく方々もおります。そのことは奥さまのお耳にも達しております。それでも、奥さまはじっと耐えておられるのです」

睦五郎は悔しそうに唇を嚙んだ。

明朗快活だった亜紀がそんな苦労をしている。もちろん、夫婦というもの、それに人間の運命というものが順風満帆とは限らないし、そのほうが珍しいだろう。人はそれぞれに運命を受け入れて生きていかなければならないのだ。

それにしても、藤堂彦次郎。

おまえはどうして運命に逆らったのだ。剣の腕はぴか一。馬廻り役を務め、これから先、殿さまの覚えもめでたく順調な道が待っていたはずだ。

それが、いくら酒に溺れたからといって己が道を踏み外すような行いを何故にしたのだ。一本気で己が信念を貫くその生き様が災いとなったのか。

恨めしげに見上げる空からはぽつぽつと大粒の雨が降ってきた。

「やっぱりか」

急ぎ足で立ち去ろうとした時、小走りに足音が近づいて来た。振り返ると亜紀である。亜紀は蛇《じゃ》の目《め》傘を差し出し、

「どうぞ、お使いください」

睦五郎の話を聞いた後だけにその姿は哀れに見える。

「かたじけない」

受け取ると傘を広げた。傘を雨が打つ音が激しく鳴った。

「では、お気をつけて」

亜紀は傘を差したまま源之助が立ち去るまで見送った。雨の中にたたずむ亜紀はしっとりとした影絵のような清楚さを漂わせ、どこか紫陽花《あじさい》を思わせた。

「お気をつけて」

もう一度言う亜紀の声は憂いを含んでいつまでも源之助の耳に深く残った。

四

こうなってくるとこのまま屋敷には戻れない。京次の家に立ち寄ることにした。雨でぬかるんだ道を歩きながら様々な考えを過《よ》ぎらせつつ京次の家に着いた。薄闇が広がり、雨音が耳につく。

格子戸を開けて中に身を入れる。京次はまだ戻っていないようだ。お峰が、

「まあ、この雨の中、戻っていらしたんですか。よっぽどうちの人に大事なお話がありなんですね」

言いながらお峰は手拭いで源之助の肩に付いた雨粒を払ってくれた。源之助は蛇の目傘を玄関の脇に立てかけた。

「まだ、戻っていないようだな」

「そうなんです」

「この雨の中、ご苦労なことだ」

「旦那に仕込まれましたからね」

お峰は非難と感謝の入り混じった目で源之助を見た。源之助はそれには答えを返さず玄関を上がった。

「もう、おっつけ戻って来ると思いますから、上がってってくださいよ」

「そうさせてもらうか。三味線でも習いながらな」

源之助はいかつい顔を綻ばせた。

「旦那、軽口を言われるとは、よっぽど何かいいことがあったんですか」

「そうじゃない。実は用事は京次にではなくおまえにあるんだ」

「へえ」

お峰は小首を傾《かし》げながら居間に座った。

「薬研堀に住む芸者で千津という女を知らないか」

お峰は即座に、

「ああ、お千津さん、ええ、知ってますよ」

「どんな女だ」

「どんな女って言われましても」

お峰は返事に窮するようだ。

「おまえが感じたままでよいのだ」

「そうですね。親切でやさしい人ですね。それでいて妙に男好きがするとでも申しましょうか。ここに通《かよ》っていた時にもちょっと、いざこざがあったんですよ」

お峰はわずかに顔を歪ませた。

「どんな騒ぎだ」

「お弟子さんたちの間で争い事が起きましてね」

通って来る男連中の間でも千津の評判は上々、いや、中には千津目当てで通って来る男もいたという。

「お千津さん、人がいいというか八方美人なところがありますからね、誰にでもいい顔をする。それで、男たちはのぼせちゃって自分こそが惚れられているなんて勘違いする輩《やから》も出てくる始末で、とうとう、お千津さんを巡って争いが起きたんですよ」

大工の棟梁と左官屋の間で取っ組み合いの喧嘩が始まったという。

「そらもう血を見るんじゃないかってほどの喧嘩でしてね。幸い、うちの人が戻って来て仲裁に入ってどうにか喧嘩をやめさせたんですけどね」

「そんなことがな」

陽だまりの中で山波の肩を揉むお峰の姿が脳裏に浮かんだ。

「それで、それがきっかけになりましてね。お千津さんは稽古には来なくなったんです。迷惑だと思ったんでしょうね。それきりですね。もう、一年、いや、一年半前のことですか。その半年前に囲われていた旦那に死なれて、また、お座敷に出ようと思って三味線を習いに来たってことでしたけど。男好きのする女ってのも厄介なものですよ」

お峰は複雑な笑いを浮かべた。

「話はわかった。すまなかったな。では、これでな」

源之助は腰を上げた。

「まだ、雨が降ってますよ。うちの人もおっつけ戻って来ますから」

「日が暮れて一つ屋根の下で男と女が一緒にいる、しかも、亭主の留守中にというのはどうもな」

「そんな気を回さないでくださいよ。旦那とわたしのことなんか誰も疑いやしませんよ」

「こんないかつい男だからか」

「そういうことじゃなくって」

お峰が噴き出した時、

「けえったぜ」

京次の勢いのいい声がした。次いで、新之助と源太郎の声も聞こえる。

「蔵間の旦那、丁度いいや」

京次たちは玄関で雨を拭い、居間に入って来た。

「何か御用で」

京次が訊くとお峰が、

「おまえさんを待っていなすったんだよ」

「そうですかい。やはり、水森さま殺しが気になるんですね」

「まあ、そんなところだ」

お峰は茶を淹れると立ち上がった。新之助と源太郎は畏《かしこ》まった顔で源之助に向いた。その顔を見れば、よからぬことが起きたことが想像できる。

「蔵間さま、水森さま殺しの探索、中止となりました」

新之助が言うと横で源太郎は悔しそうに唇を噛んだ。京次も顔をしかめている。源之助は黙って新之助に説明を促した。

「弘前藩から御奉行に申し出があったのです。先程、探索から戻りましたところ緒方《おがた》さまから申し渡されました」

緒方とは源之助の後任として筆頭同心になった緒方小五郎《こごろう》である。長年にわたって例繰方《れいくりかた》を勤めた練達の同心だ。

「弘前藩は水森さまが殺されたこと、しかも、辻斬りで命を落としたことを表にはできないということなんです」

「三田村と申すお方がそのように申しておった。体面があるとな、しかし、それで下手人探索も中止せよというのはいかがなものか」

源之助は渋い顔をした。

「水森さまは病死だというのです。病死である以上、下手人などいるはずはないという理屈でございます」

「笑止《しょうし》だな」

源之助が吐き捨てると源太郎も苦渋の色を浮かべ、

「弘前藩はとにかく事を穏便に済ませたいのですよ」

それを新之助が引き取り、

「水森さまも斬られたでは御家がもちません。病死ということにすれば水森家は保てるとの配慮というものです」

「体面ばかりを気にするか」

源太郎は声を震わせた。

「すると、下手人は捕まらず仕舞いだな」

源之助は呟いた。

京次が、

「せっかく、浪人の足取りを追っているんですけどね」

「わかったのか」

源之助はつい半身を乗り出した。

「浅草橋に向かったという証言は得られました。で、それらしき浪人が、今日、浅草界隈で出没したようなんです」

京次は聞き込みの成果を台無しにすることが悔しいらしくさかんに眉根をしかめた。

それは源太郎も同じで、

「人が殺されたのにその人間の身分によって死の真相が霧に包まれる、そんなことがあっていいのでしょうか」

源太郎は唇を噛んだ。

源之助はふと気になることがあった。

「弘前藩が水森さま殺しを探索されたくないのは、藩の体面だけであろうか」

新之助も源太郎もおやっとした顔になり、

「それはどういうことですか」

新之助が訊いた。

「いや、わたしとてはっきりはせんのだがな。なんとなく弘前藩にはもっと深い事情がからんでいるような気がする」

亜紀から聞いた奸臣騒動である。だが、そのことをここで言っても仕方がない。

藤堂を探し出せば。

藤堂を捕まえさえすれば、その辺の真相もはっきりするのではないか。

「蔵間の旦那の勘は当たるからな」

京次が言った。

そこへお峰が戻って来て、

「どうしたんですよ。男が雁首揃えて。ただでさえ、外は雨なんですよ。陰気臭くて仕方ありませんや。どうです、気分直しに一杯」

京次が手を打ち、

「そうだな。そうするか」

源之助も賛同し、新之助もうなずいた。源太郎は源之助を前に曖昧《あいまい》にうなずいたが、

「気分直しだ」

それが源之助の許可とばかりに、

「よし、自棄酒《やけ》だ」

と、言った表情は幾分か和らいでいた。

第五章　決意の影御用

一

明くる三月六日、源之助が悶々とした気分で出仕すると、緒方小五郎が訪ねて来た。そのやや強張った表情から昨日のことが用件ではないかという気がする。茶を淹れながら、

「弘前のことですか」

と、緒方に話しやすいように声をかけた。緒方は小さくうなずいた。

「弘前藩から申し出があったとか」

「その通りです。蔵間殿も行きがかりで関わられた一件、なんとしても下手人を挙げたかったのですが」

緒方は渋面《じゅうめん》を作りながら昨日、弘前藩の三田村格之進が奉行所を訪れ、探索の中止を申し入れてきたことを語った。

「わたしは与力さまに呼ばれました。そこで、下手人は目下探索中であり、諸般の手がかりから下手人は浪人者であり、その浪人者の人相書もできたことゆえ、遠からず挙げることができる、と三田村さまの申し出に抗《あらが》いました」

　緒方のことだ。さぞや、理を尽くして諄々と反論をしたことだろう。

「ところが、三田村さまは一向に受け付けず、探索中止を申されるばかり。そこで、水森さまは病死扱いでも浪人は水森さまの紙入れを盗んでおります。ですから、殺しではなく物盗りの線で追うという妥協案を出しました」

　さすがは緒方である。

　大藩の申し出に一方的に屈するのではなく、あくまで町方の意地を貫き通そうとした。さすがだと感服した。

「申し訳ござらん。それでも、三田村さまはこちらの要望をお聞き入れにはならず、どうしても中止せぬと言うのなら、御奉行にわが殿から掛け合うことにする、と申され、これに与力さまが」

　恐らくは与力がびびってしまったのだろう。緒方はまるで自分の非であるかのようの恐縮しきりである。

「緒方殿は町方の意地を貫かれんとされたのです。なかなかどうして、わたしなんぞにはできないこと」

「いいえ、そうではございますまい。わたしは、三田村さまからの申し出の場で蔵間殿ならどうされるだろうと考えておりました。蔵間殿なら探索続行を貫かれるのでは、と」

「それは買いかぶりと申すものですよ」

源之助は緒方の気持ちをいささかなりとも解《ほぐ》そうと思った。

「とにかく、腹が立ちました。それで、少々昨晩は」

緒方は猪口を煽る真似をした。

そう言えば、緒方の顔色はいつになく蒼《あお》い。

「無理からぬことでござる」

「源太郎殿も自棄酒を飲まれたのではござらんか」

「実を申しますと」

二人は目が合い笑い合った。

「わざわざ、お話しくださりまことにありがとうござる」

「わたしも蔵間殿にお話ししていささか胸のつかえが降りました」

「それはようござった」

「なんだか、愚痴を聞かせにまいったようでござるな」

「なんの、こんなわたしでよろしかったらいつなりといらしてください。なにせ、暇でございますからな」

「ありがとうございます」

緒方は幾分か顔色が戻ってきた。それから、茶をぐいっと飲み干すと入って来た時とは一転した軽やかな足取りで居眠り番を出て行った。わざわざ、探索中止を説明に来るとは律儀な緒方らしい。源之助も奉行所の弱腰に対するもやもやが幾分か晴れた。

そう思うと大きなあくびが漏れた。

すると、

「蔵間さま」

引き戸の向こうから声がする。まごうことなき善太郎の声だ。

「善太郎か」

「はい」

「遠慮するな、入って来い」

「では」

入って来た善太郎はすっかり意気消沈していた。この部屋に来る連中は暗い顔ばかりしていると思いながら座布団をすすめる。茶を淹れるというと善太郎は不要だと力のない声を出した。

「どうした」

それが水森の一件ということは予想できた。

「それが……」

「はっきり申してみよ。水森さまの一件ではないのか」

「そうです」

善太郎はすっかり塞《ふさ》いでいる。

「どうした、しっかりせい」

源之助は気合いを入れた。善太郎が落ち込むのはそれなりの理由があるのだろうが、気持ちが萎《な》えていては問題の解決は到底覚束《おぼつか》ない。

善太郎はきっと顔を上げ、

「昨日、弘前藩邸から呼び出しがあったのです」

呼び出したのは三田村格之進だったという。三田村は水森の後任として御納戸頭に就任した。

「三田村さまは杵屋に出入り止めを申されました」

「なんだと」

耳を疑った。

「出入り止めを申し渡されたのです」

もう一度繰り返した善太郎は悔しさで歯嚙みをした。

「それはどういうことだ」

源之助もつい口調が曇った。

「それが……」

善太郎はここで口ごもってしまった。いかにも言い辛そうだ。

「申してみよ」

源之助の語る口調も苛立ちが含まれてしまう。

「水森さまが不正を働いておられたというのです」

「不正とはいかなることだ」

奸臣という言葉が脳裏を過ぎる。善太郎は目を充血させながら、

「ひどい話です。水森さまは御納戸頭という立場を利用し、出入り商人から賂《まいない》を受

け取り、不当なる高値で品物を入れさせ、散々に私腹を肥《こ》やした、よって、死罪を申し渡した、というのです」

善太郎はよほど悔しいのだろう。畳を何度も叩いた。

死罪とはとんだ茶番もいいところだ。だが、不正を行っていたことが事実ならば水森こそが奸臣。そして、藩政に対し憤りを抱いていた藤堂が斬殺したということは筋としては繋がる。

「よって、水森さまが許可した商人は出入り、まかりならん、ということなのです。その上です、先日、納入させていただきました、五十両分の履物の代金のお支払いもできんとおっしゃって」

「それはひどいな」

「ひどいどころではございません。五十両もの焦げ付きとなりますと、わたしが首を括《くく》るだけではすみません」

「おい、なにも首を括ることはないだろう」

「でも、お侍ならこうした場合、腹を切るのでしょう。商人は腹は切れませんからせめて首を括ろうと思いまして」

「だから、死んではならんと申しておるのだ」

「ですが、このままでは」

「善右衛門殿には話したのか」

善太郎は首を横に振る。

「町奉行所にやって来たということは奉行所に訴えようというのか」

「そうするつもりだったのです。三田村さまには、お出入り止めというのはお受けしますが、既に納めた履物の代金はいただきます。それができないのなら、御奉行所に訴え出ると、と申したのです。ところが、三田村さまは、それなら、当家に対して賄を贈るという商人にあるまじき所業により逆に訴えると申されました」

善太郎はすっかり気圧《けお》されたようだ。

「三田村格之進という男、よほどに冷酷であるようだな」

「まったく、血も涙もないとはあのようなお人を言うのです。それに、わたしは、水森さまが不正を働いておられたなど到底信じられません。水森さまはまことに公明正大なお方でした。絶対に不正など、水森さまに限ってなさるはずがございません。賂どころか、接待も受けられなかったのですよ」

善太郎は唾を飛ばさんばかりの勢いだ。

「水森さまが斬られた晩にもおまえはそう申しておったな」

善太郎の言葉を信じるのならとても水森は奸臣どころではない。だが、奸臣でないとなれば藤堂が殺すはずもない。

一体どういうことだろう。

「ですから、どうぞ、この通りでございます」

「弘前藩邸に一緒に行けと申すのだな」

「はい」

「よし、行ってやる」

どうしても水森が奸臣かどうか確かめたいという気持ちが強くなった。

「ありがとうございます」

「なんだ、急に元気になりおって」

「蔵間さまが一緒なら百人力を得たようなものですよ」

善太郎は見違えて明るい表情になった。

二

源之助は善太郎を伴い本所二つ目にある弘前藩上屋敷にやって来た。こっそりと探索を行うというのではない。三田村を堂々と訪ねればよいのだ。

門番に素性を告げ三田村への取次ぎを頼んだ。長屋門脇にある潜り戸から屋敷の中に入り中間部屋で待っていると、三田村の色黒の顔が現れた。

「何用だ」

三田村は露骨に顔をしかめた。

「杵屋の一件です」

源之助は感情を押し殺し丁寧に告げた。

「今、忙しい。後日、出直されよ」

三田村はくるりと背中を向けた。ここで引き下がったら子供の使いである。

「時は要しません」

声を励まして呼び止める。三田村は無視して御殿に歩いて行く。源之助は追いかけ前に回った。途端に、

「無礼者!」

三田村は甲走った声を出した。

すると、

「どうした、大きな声を出して」

と、初老の男が通りかかった。裃《かみしも》に身を包んだその様子はどことなく威厳を感じさせる。三田村ははっとしたように頭を下げ、

「これは御家老、ご無礼申しました」

家老か。よし、それなら、と源之助は家老に向かって素性を名乗り、訪問の用件を話した。

「わしは弘前藩江戸家老松岡房之助《まつおかふさのすけ》と申す。用件はわかった。蔵間殿、ご苦労でござるな。三田村、蔵間殿のお相手をせよ。出入り商人の管理はおまえの役目であろう」

源之助の胸に松岡の公正な態度に対する感謝が広がった。松岡は軽く一礼をくれて歩き去った。それを見送ってから三田村は苦い顔で、

「こちらへ来られよ」

と、武《ぶ》ばった顔で声をかけてきたが、源之助の横に善太郎がいることに気がつき目元をきつくした。善太郎は呑まれたように首をすくめてしまった。

「この者は」

源之助が言おうとするのを三田村は制し、

「蔵間殿だけ来られよ」

「いや、そうはまいりません」

源之助は抗ったものの肝心の善太郎は三田村を前にして身をすくませている。それでも無理に引っ張って行こうとしたが三田村に、

「蔵間殿だけじゃ」

と、念押しされて、

「わたくしはここで」

善太郎は小さく頭を下げた。

「さあ、蔵間殿」

三田村はさっさと御殿へと向かった。やむを得ず、源之助は善太郎にここで待つよう目で言い、三田村の後を追った。三田村は玄関脇にある使者の間に入った。源之助も続く。

「本日はご多忙の折、まことに畏れ入ります」

源之助は一応は丁寧に挨拶をした。

「町方の同心殿ともなると、大変でござるな。商人に頼まれて抗議に来られたか」

三田村は皮肉たっぷりである。

「いかにも。杵屋は既に五十両分の品物を納入しております。その代金をお支払いいただきたい」

源之助はきっぱりと申し入れた。

「できぬ」

三田村はけんもほろろである。

「それはちとひどいのではござらんか」

「ひどいのは杵屋であろう。何せ、当家の御納戸頭水森主水に対し、賄を贈っておったのだからな」

「そのようなことはございません。杵屋は水森さまに対して賂どころか接待もしなかったと申しております」

「それは杵屋の言い分。当家で内々に調べたところ、水森の不正は明らかとなった」

「では、その証をお示しくださいませんか」

「無礼者」

三田村は目を剝いた。

「無礼とは思いませぬ。納得のゆくご説明を願いたいと申し入れておるのです」

源之助は負けてはならじと厳しい声で返した。

「とにかく、これ以上の詮索は無用とされよ。当家の内情を町方が探索することはできん」

三田村は頑として聞き入れない様子だ。

「ならば、一つだけお聞かせくだされ。弘前藩の奸臣とは水森さまのことですか」

三田村は薄笑いを浮かべた。

「どこでそれを聞いた」

「さて、それはわたしの内々のことでございますゆえ、明かすことはできません」

三田村はニヤリとしたままそれ以上は追及してこなかった。

「当家の恥となるがいかにも水森主水は奸臣であった。それ故、素性の知れない浪人に斬殺されたのはまさしく天罰が下ったと申せる」

「斬った相手は金目当ての浪人でしょうか」

「なんじゃと」

三田村は目を吊り上げた。

「水森さまを斬ったのは藤堂彦次郎なのではございませんか」

源之助は三田村にじっと視線を据えた。

「貴殿、藤堂を見知っておるとのことじゃったな」

三田村は源之助の気を外すように視線をそらした。

「お答えください」

「そう言われてもな」

「藤堂が斬ったのではないのですか」

「知らん」

「そんなことはございますまい」

「知るはずがなかろう」

「三田村さまがけしかけたのではございませんか」

「馬鹿なことを申すな」

「そうなのではありませんか」

「らちもない」

「冗談ではございません」

「くだらぬことを。悪徳商人の肩を持ったと思ったら、今度はわしを殺しの黒幕扱いか。江戸の町方同心は好き放題じゃな」

三田村はいかにも不満そうに顔を歪めた。

「お答えください」

「帰れ。これ以上、わけのわからぬことを申し立てるのなら、北町奉行所に対して断固とした抗議に及ぶ」

三田村は源之助を睨みつけるとさっさと出て行った。

これは、怪しい。

三田村格之進という男、ほじれば何か出てきそうだ。藤堂のことを持ち出した時、激しく感情を高ぶらせた。やはり、藤堂の背後に三田村がいると考えていいのではないか。

ならば、藤堂は三田村と接触をするであろう。

「よし」

源之助は膝を打つと部屋を出た。御殿を出ると中間《ちゅうげん》部屋の前に立つ善太郎が走り寄って来た。

源之助は、首を横に振った。それだけで善太郎は悲しげに顔を歪ませた。

「行くぞ」

善太郎と共に屋敷を出た。そのまま弘前藩邸が見えなくなるまで大川に向かって歩く。やがて、大川端に突き当たったところで、

「今日のところは掛け金は取れなかった」

「はあ……」

善太郎は肩を落としため息を吐いた。

「今日行って、今日取れれば苦労はせんさ」

「まあそうなんですが」

「くよくよしている場合ではないぞ」

源之助は善太郎の肩をしっかと二度叩いた。

「わかっております」

善太郎は己を鼓舞し作り笑顔を浮かべた。

「わたしとて、このままではすません」

「蔵間さまもですか」

「ああ。おまえには申せんが、弘前藩とは因縁浅からぬものが生じた。このまま泣き寝入りは断じてせん」

源之助は言っているうちに胸が熱い気持ちに包まれた。

「わたしもです」

「これから杵屋に行くか」

「はあ」

途端に善太郎の声はしぼんだ。

「おい、現実から目をそらすな。まずは、善右衛門殿にきっちりと話をするんだ」

「そうですね」

善太郎は自分に言い聞かせるように言った。

「ならば、行くぞ」

「わたし、一人で話します。いくらなんでも、親父に話すのに蔵間さまのご同席を願っていたのでは商人失格どころか男ではありません」

「言ってくれるではないか。立派になったものだ」

「そんなことはございません。少々うまくいったと思ってすっかりのぼせ上がってしまいました。とんだ落とし穴にはまってしまったものです」

「そう思うか」

「はい。商いは代金を回収するまでが商いでございます。このこと、身に染みました。いえ、身に染みたではすみませんね。五十両といえば、杵屋が傾くほどではございませんが大金であるには変わりません。とりっぱぐれたではすみません。そのために働いてくれた奉公人、履物をこしらえてくれた職人たちに顔向けができません」

「その通りだ。今の言葉、しかと胸に刻め」

「極楽から地獄へまっさかさま。いや、極楽と地獄は案外と隣り合わせなのかもしれませんね」

善太郎は大川の流れに視線を注いだ。川端に北へ帰り遅れた残る雁が羽根を休めていた。春光を受け銀色の輝きを見せる川面は穏やかに流れ人々の喧騒とは関係なく麗《うらら》かに一日が過ぎて行く。

「悟ったようなことを言うな」

それが源之助には妙におかしかった。

「悟ったわけではございませんが。好事魔多しですね」

善太郎は両国橋を渡った。胸を張っている。そうだ、胸を張れ。背中を丸めて歩いて行くんじゃないぞ。

源之助もそう胸の中で言いながら橋を渡った。渡り終えたところで、京次の家に行くことにした。京次の協力を得て三田村の身辺を探ろう。

「では、これでな」

「ありがとうございました」

善太郎は丁寧に頭を下げ足早に自宅へと戻って行った。

三

源之助は京次の家にやって来た。今日は京次が家にいてお峰が留守だった。

「うるせえのがいないんで、丁度いいですよ」

「まあ、そういうな」

源之助はにやりと笑った。

「ところで、頼みがある」

京次はそれだけで、目つきが変わった。背筋を伸ばし、

「なんでしょう」

「弘前藩の三田村格之進の身辺を洗ってくれ」

「水森さま殺しですか。それを調べようというんですね」

「そういうことだ。このままでは引っ込むことはできん」

「そうこなくっちゃ」

京次はうれしそうだ。

源之助は善太郎と弘前藩邸を訪問したこと、藤堂との関係から藤堂が水森を斬った

疑いが濃いこと、さらには三田村がその背後にいるらしいことを隠さずに語った。京次の目は光を帯びていった。

「水森さまを斬ったのは藤堂さまという浪人で、それをやらせたのは三田村さまということですか」

「おれはそう睨んでいる」

「旦那がおっしゃるのなら間違いないでしょう」

「それから、このこと、牧村や源太郎には内密で行う」

「へい」

京次はみなまで言うなというように力強く答えた。打てば響くようで気持ちがいい。そうだ。この一件は自分の責任で行う。一切の責めは自分が負うのだ。

「ならば、頼む」

「任せてください。あっしも中途半端になって苛々していたんでさあ」

京次は心からそう言っているようだ。

「頼もしいな」

「それより、源太郎さん、すっかり同心らしくなりましたね」

「まだまだだ」

頭から否定して見せたものの悪い気はしなかった。

「なら、これでな」

源之助は気恥ずかしくなりそそくさと出て行った。


家に着くとすぐに湯屋に行くことにした。近所の亀の湯である。

羽織を脱ぎ、肩に手拭いを掛けて急ぎ足で向かう。亀の湯に着くと脱衣所の乱れ籠に着物を脱ぎ捨てざくろ口から身を入れると湯煙が立ちこめていた。ちらほらと男の背中が見える。

洗い場で小さな背中があった。

山波平蔵だ。

そうだ。この機会に話をしてみよう。山波の側に寄り、

「お背中を流しましょう」

山波はすぐに源之助と気づき、

「すみませんな」

と、にんまりと振り返った。

「三味線、すっかり上達のようですな」

「いやいやどうして、始めたばかりですからな。それにしましてもお峰という女、まことに教え上手ですな」

「いかにも、と答えたいところですが、三日坊主のわたしが申す台詞《せりふ》ではござらんな」

「今からでもまた三味線をやりませんか」

今日の山波は一段と上機嫌だ。

「わたしには向きませんな。向かないといえば、向く趣味などは見出せないのですがな」

「三味線は楽しいですぞ。この歳までやらなかったことを後悔すらします」

山波は三味線を弾く真似をして見せた。源之助はへちまでひときわ強く山波の背中をこすると、

「どうして三味線などに興味を持たれたのですか」

「申したでござろう。気紛れと」

「それにしては大した熱の入れようですな。まるで、誰か聞かせたい者がいるかのようかな」

「………。それは」

山波は言葉を曖昧に濁した。それから、口を閉ざしむっつりとした顔で湯船に向かった。源之助も湯船に入る。いつもながらに熱過ぎる湯である。入るのに覚悟が必要なほどだ。眉間に皺を刻み、歯を食いしばって堪える。山波は顔を真っ赤にしながらも悠然と浸かっている。但し、口をへの字に閉ざしているのは源之助との会話を拒絶しているからか。

ここは、ちゃんと話をしよう。

山波が湯船を出ると源之助も出て共に脱衣所に入る。手拭いで身体を拭き着物を着ながら、

「どうです、一杯やりませんか」

源之助は気楽に声をかけた。

「いや、それは」

山波はわずかな抵抗を示したが、

「まあ、よいではございませんか。そう言えば、山波殿とは一度も一緒に飲んだことがございませんな。たまには付き合ってくだされ」

「そうでしたかな」

「そうですよ。それとも、こんないかつい顔をした男とでは一緒に飲むと酒がまずく

なりますかな」

源之助はにんまりとした。

「そんなことはござらん」

「ならば、行きましょう」

源之助はさっと帯を締めた。山波はもう抗わなかった。

源之助は山波と亀の湯の近くの縄暖簾を潜った。職人風の男たちが、今日の仕事をめぐってさかんに話をしている。入れ込みの座敷に座ると、酒を二合頼んだ。

「肴は味噌豆と鰆《さわら》の焼き物が美味そうですな」

源之助が言うと山波はうなずき山芋を頼んだ。

「どうも、お疲れさまです」

源之助は猪口を頭上に掲げた。山波もそれに倣《なら》う。ひとしきり飲んでから、

「蔵間殿、今日、お誘いいただいたのは、千津のことですか」

山波は何時《いつ》になく硬い口調だ。

「いかにも」

源之助はうなずく。

「平助ですか。平助が頼んだのではござらんか」

「平助殿は大そう心配しておられますぞ」

「老いらくの恋、親父め歳甲斐もなく色に呆けたかと申しておったのでござろう」

山波はここで自嘲気味な笑いを浮かべた。

「実際のところはどうなのです。山波殿」

源之助は箸を置いた。

「千津とは、その……」

山波は頬を朱に染めた。それが、酒の酔いばかりではないことは明らかだ。

「千津とは、十日ばかり前に柳橋で千津の下駄の鼻緒を繋いでやったことがきっかけです。もちろん、その時はそのまま別れたのです」

それから三日後、山波は浅草観音で千津とめぐり合ったという。

「その時も会釈をしてそのまま別れたのでござる」

ところがその翌日、

「今度は日本橋の茶店で雨宿りをしておると千津も雨に濡れて入って来ました。これにはお互い驚きました。自然と話をするようになり、その流れで芝居見物を誘いました。千津も喜んでくれました。そんなことをしているうちに親しくなったということでござる」

山波はぐいと猪口を飲み干した。

「山波殿はどうされるおつもりか」

「どうとは」

「今後の千津との関係です」

「決めてはおりません」

山波は首を横に振った。

「千津に金品を与えておられるのか」

「いいえ」

これには山波はきっぱりと否定した。

次いで、山波の目が鋭く凝らされた。

「蔵間殿、千津は金目当てでわしに近づいたとお思いか」

その物言いは暗く沈んだものだった。源之助が黙っていると、

「そうではない。第一、隠居した八丁堀同心など、金にはならん。現にわしは飯代、菓子代ぐらいは出してやりもするが、その他には特に金品など与えておりません。ですから、千津は下心があってわしに近づいたのではござらん。では、こんなわしのど

こを気に入ってくれたのかというと、わしに死んだ父親を重ねておるのでござる。父親は飾り職人をしておったそうじゃが十年前に肺を患い死んだ。生きておればわしと同じ六十一歳という。面差しは違うが背格好が親父とそっくりということじゃ。それで、形見の着物をくれたりもした。飛鳥山に着て行ったのがそうです」

裏地の派手な着物を思い出した。

「深い仲でござるか」

源之助は聞き辛いことをこの際だから聞いておかねばならないと思った。

「ござらん。そういう間柄ではない」

山波はころころと笑った。

そこへ肴が運ばれて来た。

「しかし、わしとてこのままでいいわけはないと思う。千津はまだ若い。いい男を見つけて一緒になればいい、そう思っております」

「お若いですな。さすがに、多趣味な山波殿だ」

「わしとて、邪心がなかったわけではないが、千津相手にそんな気にはならんのです」

「平助殿の取り越し苦労というものなのですか」

「正直申して若い頃に抱いたような恋心を甦《よみがえ》らせたのはまことですがな」

源之助も亜紀への恋情を募らせたのだ。

「息子が心配するのも無理はない。が、時に若い女と語らい、三味線などを鳴らしているといつまでも元気でおることができる。若さを保つ秘訣とは申しませんが、よき薬となるものでござるぞ」

「では、これからも関係を続けると」

「別段、悪いことをしておるわけではござらんゆえ」

「確かにそうですが、平助殿はいたく心配しておられます」

「平助のことならお気にかけますな。こんなことくらいで騒ぐなと申しておきます。そうだ、蔵間殿も若い娘を茶飲み友達にしてはどうじゃ。あ、いや、蔵間殿にはしっかりとした女房殿がおられましたな」

山波に一切の後ろめたさはないようだ。これが、山波の若さを保つ秘訣なのかもしれない。

いささか、いや、大いに羨ましくもなり、感心もした。

「おお、この鰆美味そうだ」

胸のつかえが降りたように山波は旺盛な食欲を見せた。

四

山波の調子にすっかり合わせられ源之助は山波と別れた。山波の飄々とした様子なら千津との恋路に耽溺することもなかろうと思われる。

しかし、そう安心していいものか。男女の仲とはわからぬもの。たとえ山波とてこのまま千津と会っていればやがては抜き差しならぬ関係に陥ってしまうのではないかという危惧もある。

「ま、他人がどうこう言えるものではないな」

源之助は苦笑を漏らしながら家路についた。自分などとは縁のない世界である。

家に入ると久恵が、

「源太郎がお話があるそうです」

と、耳元で囁いた。

水森の一件であろうことは容易に察しがつく。果たして、居間に入ると源太郎は怖い顔をして座っていた。源之助を見ると挨拶もそこそこに、

「わたしは納得できません」

「そう力《りき》むな」

「しかし」

「夜中にそのように声を荒げるものではない。水森殺しのことであろう」

「そうです。このままでよろしいのでしょうか」

「三田村さまの申し出を北町奉行所として受理した以上、勝手な行いはできん。そんなこと、わかり切っておるではないか」

源之助は声の調子を落とした。

「それは、わかります。父上は本心からそう思っておられるのですか」

源太郎は目を爛々と輝かせている。

源之助は静かに、

「よいか。我らは畏れ多くも公方さまより十手を与えられし者だ。十手を駆使するのはあくまで町人のため、江戸の市中の安寧を保つためだ。そして、それは、御奉行の方針に従ってなされなければならない。おまえの正義を貫くという気持ちは尊い。それを失っては八丁堀同心は失格だ。だがな、公と私の区別はせねばならん。私情で御用をすることは許されない。わかるか」

源太郎は俯いている。

「おまえが血気に逸《はや》っているというのではない。私情で十手を駆使することの怖さを申しておるのだ」

源太郎は唇を噛んだ。しばらく、沈黙が続いたが、

「では、このまま人を殺した者を見過ごしにせよと申されるのですか」

「天網恢恢疎《てんもうかいかいそ》にして漏《も》らさず、だ。罪を犯した者はいずれ報《むく》いを受ける」

源太郎は納得できないようだったが気持ちの整理をするように黙り込んでから、

「わかりました」

と、頭を下げた。

「それでよい。湯屋にでも行って来たらどうだ。身も心もさっぱりとするぞ」

「はい」

源太郎は腰を上げた。

源太郎にはああ言ったものの自分は密かに水森殺しを追っている。誠を貫こうとしている源太郎を欺《あざむ》いているようでいささか胸が痛んだが、やむを得ない。矛盾した行動をしている自分を責めたい気持ちに駆られもする。

しかし、それを承知で自分はやる。一切を自分の責任で水森殺しの真相を突き止める。これは八丁堀同心としてではなく、一人の武士として、一人の男としての誓いだ。

久恵が入って来た。茶を運んで来たのだが、その表情は息子を案じる母親の顔だ。

「湯へ行くと申しておりましたが」

「話をしてすっきりしたのだろう」

「何か不満を持っておったのでしょうか」

「不満といえば不満だが決して後ろ向きの不満ではない。むしろ、八丁堀同心の役目を懸命に尽くしたいという熱心さから生じた不満だな」

「それは……」

久恵はそれがどういう意味なのか見当もつかないのだろう。だが、それ以上は問い質《ただ》すようなことはせず、

「源太郎も日々成長しているのでしょうか」

と、小さく笑みを漏らした。

「あいつなりに苦闘をしながら毎日を送っている。八丁堀同心として一人前になるには成功ばかりではためにはならん。時にはしくじりや思うに任せない壁に突き当たらなければな」

源之助は言いながら茶を飲んだ。

「ありがとうございます」

「礼を言うことではないさ」

少しばかり照れ臭くなった。

「源太郎の顔は一変していました。あなたと話す前と後ではです。それまでは、怖い顔をしていたのが湯屋に行くと出て行った時には憑《つ》き物が落ちたようでしたわ」

源之助は茶を飲んだ。苦くもありまろやかでもあった。

翌七日、出仕しようとした源之助を山波平助が訪ねて来た。平助は挨拶もそこそこに、

「昨晩、父と話しました」

源之助は昨晩の居酒屋でのことを思い浮かべた。

「どうした」

「それが」

平太郎は困ったような顔をした。

「喧嘩でもしたか」

「さすがに手を挙げることはなかったのですが、言い争いにはなりました」

「山波殿が怒ったか」

山波の怒鳴る顔など想像がつかない。

平太郎は俯いた。

「千津とのことだと思うが、そのことでそんなにもお怒りになられたのか」

「それが、父の方から千津とは深い仲ではないから、おまえが気を回すようなことではないと言い出したのです」

山波は平助の心配を取り払っておこうと思ったのだろう。縄暖簾で話したようなことを平助にもしたに違いない。

「おまえ、それを許せなかったのか」

「いえ、父の話だけならよかったのです」

平助はどうしても気になって千津の身辺を探ったのだという。

「そうしましたら、若い男が千津の家の周りをうろついているのです。偶然ではありません。何度も見かけました」

「その男、千津とはどのような関係があるのだ」

「深い仲にある男だと思います」

「しかとそうか」

「実際にそれを目撃したわけではございません。しかし、きっと、そうに違いないと思います。それで、その男のことを父に申したのです。そうしましたら」

山波は怒り出したのだという。

山波としては受け入れられないことに違いない。

「で、山波殿と喧嘩をしたのだな」

源之助は笑いそうになったが、それは平助の手前よくないと思った。

「父は、こと千津に関しては平静ではいられないのです。これは、やはり、老いらくの恋というものではないでしょうか」

「しかし、別段それでどうということはあるまい」

「そうでしょうか。わたしはどうも心配です。あのような表情となった父を見たのは初めてです」

平助はしんみりとなった。

「時が解決すると申したら無責任かな」

平助はその言葉を噛み締めるように思案をしていたがやがて、

「それは、そうかもしれませんね。しばらく様子を見ていましょうか。父は父ですから。いや、蔵間殿と話し、なんだか胸のつかえが掃《はら》われました」

平助は穏やかな表情となり、腰を上げた。

第六章　密やかな探索

一

明くる八日の晩、源之助は京次の家に向かっていた。京次の帰る頃を見計らい日が暮れてから夜道を急いでいる。分厚い雲が夜空を覆い月を隠していた。このため、漆黒の闇が辺りを覆い尽くしその闇に溶け込むように町屋が陰影を刻んでいる。黙々と歩き日本橋本石町の近くに至った時、人気《ひとけ》はないがかすかに背後から足音がするのに気がついた。耳に神経を集中させる。

ひたひたとした足音は商人や行商人のものではない。隙のない、刻むような間合いはまさしく侍、しかも相当な武芸者といえる。

――藤堂彦次郎か――

そんな強烈な予感に包まれる。

と、次の瞬間、足音は忙《せわ》しげに近づいて来た。と、思ったら凄まじい殺気と共に刃が風を切る。源之助は間一髪、背中に刃を感じながらも一寸の差で避け、振り向き様、抜刀する。

同時に刃が振り下ろされる。源之助はかろうじて受け止めると鋭い金属音が発せられ、そこへ本石町の時の鐘の音が重なる。夜五つ（午後八時）を告げる鐘だ。

折よく雲が流れ月が顔を出した。月明かりに浮かぶ男の顔はまごうことなき藤堂彦次郎である。当然、源之助の顔も露《あらわ》になる。

藤堂ははっとしたように動きを止め二歩ばかり後ずさりした。

「藤堂、刀を引け」

藤堂は大刀を下段に構えたまま立ち尽くした。

「おまえ、水森主水さまを斬ったな」

藤堂は口を閉ざしている。

「三田村さまにそそのかされたのだろう。だがな、水森さまは決して奸臣ではないぞ。その反対だ。公明正大、実にご立派な方であられたのだ」

藤堂は無言のまま大刀を鞘に納めると踵を返した。

「待て、亜紀殿がおまえの身を案じている」

藤堂の足は止まったが、それもほんの瞬きするほどのことで、すぐに脱兎のごとく走り去り、夜の闇に呑まれた。

源之助も大刀を鞘に納めた。今の藤堂の反応で藤堂が三田村にそそのかされ水森を斬ったことは間違いない。だとしたら、藤堂は今の源之助の言葉をなんと聞いただろう。

すぐには理解できないようだった。

だが、藤堂とて源之助の言葉を鵜呑みにはしないまでも考えることはするだろう。それで、自分の誤りに気がついてくれれば。

藤堂は自分をつけて来た時、源之助と知らない様子だった。きっと、三田村からうるさい八丁堀同心を始末しろと言われたのではないか。

様々な思いを抱きながら京次の家に向かうと前方から提灯が近づいて来る。

「旦那」

と、と呼ぶ声は京次である。

提灯を向けながら、

「なんだか、騒ぎがして旦那の声がしたもんで気になってすっ飛んで来ましたよ」

「心配には及ばん。どこも怪我はない」

「物盗りですかい。だとしたら、馬鹿な野郎だ。蔵間の旦那を襲うなんてね」

「物盗りではなかった。藤堂彦次郎だったのだ」

源之助は今のやり取りを語った。

「そいつは驚きですね。でも、これで旦那の推量が当たっているってことがわかりましたよ」

京次はここまで言って辺りを見回した。どこかゆっくり話ができる所を探しているようだ。が、あいにくどこも大戸が閉じている。今時分に店を開けているとなると、

「料理屋か縄暖簾しか開いていませんね。そうだ。ちょいと足を伸ばして柳橋まで行きましょう」

「知っている縄暖簾でもあるのか」

「縄暖簾じゃござんせん。料理屋ですよ」

「それは豪勢だな」

「そうじゃないんですよ。三田村さまの探索で浮上したんです」

「どういうことだ」

「歩きながらお話ししましょう」

二人は夜道を急ぎ柳原通りに至った。神田川に沿って柳原通りを浅草橋に向かって歩いて行く。しばらく歩き、新《あたら》シ橋を越えると左手の土手の柳の陰にちらちらと人影が動いている。夜鷹たちだろう。視線を右手に向けると関八州郡代代官御用屋敷から夜風に運ばれ桜の花弁が舞い落ちる。月光に浮かぶ桜のせいで夜景色は艶めき、春の宵を感じさせた。

「三田村さまという御仁、やはり、旦那が睨んだようにとんでもないお人でございましたよ」

京次の声音には三田村に対する怒りと共に呆れた様子も含まれていた。

「どんなことだ」

「それがですね」

顔をしかめて京次が話すには、三田村はこれから赴く柳橋の料理屋を根城に多くの商人たちから接待を受け、賂を受け取っているという。

「まるで逆ではないか」

源之助は吐き捨てた。

「まさしく、そうなんで。三田村さまがおっしゃっていらしたことと真逆なんですよ」

「奸臣は三田村格之進ということだな」

「間違いないでしょう」

「三田村にとって水森は邪魔な存在だったのだろう。それで、国許にいて江戸藩邸の内情に疎《うと》い藤堂にあたかも水森が奸臣であるかのように吹き込んだ。一本気な藤堂はそれを真《ま》に受けたに違いない」

「ひどい話ですね。藤堂さまというお方が哀れでなりませんや」

「藩を離れ、野良犬のような暮らしぶりを偽ってまで自分の役目を貫こうとしたのだ。それに……」

それに亜紀のことがある。

何も聞かされず、事情が事情であるだけに藤堂から一方的に離縁を申し渡され、夫の身を案じながら実家で悶々とした日々を送る。まるで、不出来な妻であったかのように周囲からは見られ、それを耐えしのんでいるのだ。

「それに、どうしました」

京次は源之助の様子の微妙な変化に気がついたようだ。

「いや、なんでもない」

源之助は空咳でごまかし、道を急いだ。浅草橋を渡ったところで、

「こっちですよ」

京次は横丁を右手に折れた。暗がりから人の声がし、檜のほのかな香りが川風に運ばれてくる。

「あれです。花扇《はなおうぎ》って店ですよ」

京次は突き当たりの建物を指差した。

花扇は檜造りの近寄りがたい料理屋で黒板塀越しに夜桜が枝を伸ばしている。石灯籠や高張り提灯の灯りが夜桜を妖艶に見せていた。

見るからに値の張りそうな店である。一見《いちげん》はお断りのようだ。

「なるほどな、大藩の要職にある者が利用するにふさわしい店のようだ」

「三田村さまはここで接待を受けていらっしゃいます。今晩もいらっしゃいますよ」

「入り込みたいところだな」

「そうなんですよね」

京次は言いながらニヤリとした。

「探ってくれるか」

「そうですね」

京次は源之助を待たせ、店の裏手に向かった。源之助は店の前にある柳の木陰で待っていた。

どれほど経っただろうか。半時ほどが過ぎたところで、京次は戻って来た。

「やはり、今晩もおりますよ。商人数人と芸者を挙げて騒いでいるようです」

京次は料理屋の仲居からそれを聞き出したようだ。京次の特技である。持ち前の男前を活用し、人当たりの良さで女をたらしこんで必要な情報を聞き出すのだ。

「その様子を見たいもんだ」

「なら、もう一遍行ってきましょうか」

「どうするのだ」

「縁の下にでも潜り込んできますよ」

「やめておけ」

「しくじりませんから」

「いや、それはよくない」

「でも、他に方法はありませんや」

京次は難しい顔をした。

源之助とてすぐには思い浮かばない。

「どうします」

京次は焦《じ》れたように聞いてくる。

「ちょっと待て」

思案がまとまらないものだから、つい、苛立ちを声に滲ませてしまった。京次は黙り込んだ。

と、そこへ太棹の三味線を手にした芸者が歩いて来る。見るともなしに視線を向けると千津だった。千津と目が合った。千津も源之助に気がつき、

「どちらかでお会いしましたか」

と、しなを作った。

「わたしの友人の山波殿と懇意にしておるようだな」

「まあ、山波さまをご存じで」

千津は声を上ずらせた。一瞬にして年増芸者から乙女のような表情に変わっている。なんとも、性根の読み難い女だ。

「山波殿から芸者は辞めたと聞いたが、この料理屋の座敷に出るのか」

本当は平助から聞いたのだが、息子の名を出すのはよくない。

千津は照れたように目を伏せ、

「ここの女将《おかみ》さんには世話になりましてね、頼まれたんですよ。三味線をうまく弾け

る芸者さんが寝込んでしまったんで、手伝ってくれないかって。なんでも、このところ、馬鹿に景気のいいお武家さまがいらっしゃるそうなんですよ」

その武家が弘前藩の三田村格之進であると思い、源之助の胸に緊張が走った。

「蔵間さまはどうしてこんな所におられるのです」

「ちょっとな、夜桜見物をしていてな、迷い込んでしまった」

「では、お近いうちに山波さまと一緒に遊びにいらしてください」

千津はそれではと花扇に入って行った。

二

千津が花扇に入ったところで京次が、

「旦那も隅に置けませんね」

と、冷やかしの声をかけてきた。

「馬鹿、そんな間柄ではない」

源之助は鼻白んで見せた。

「じゃ、なんですよ」

「ちょっとした知り合いだ。余計な詮索はするな」

千津なら中の様子を探れるのではないか。しかも、話の内容からすると千津は三田村の座敷に出るようなのだ。それなら、渡りに船ではないか。

しかし、山波のことがある。安易に千津を利用するのには考えものだ。京次は、

「小耳に挟んだところでは、あの芸者、三田村さまのお座敷に出るようじゃござんせんか。なら、丁度ぴったりですよ」

「それは、そうだがな」

源之助が抵抗を示すと、

「どうしたんですよ。旦那らしくござんせんね、そんなはっきりしない態度」

京次は不満を見せたが、それは源之助と千津の間柄を勘繰っているようでもあり、どう答えていいやら判断に迷うところである。

「ともかくだ。明日まで待ってくれ」

京次は何か言いたそうだったが、これ以上の詮索は源之助への遠慮が立ったのか口に出すことはなかった。

「なら、ひとまず帰りますか」

「そうするか」

二人は花扇から身を離した。ひときわ賑やかな声が聞こえてきた。

二人は無言で別れた。

夜道を急ぎながら八丁堀の組屋敷に戻った。木戸門に入ろうとした時、人影が動くのがわかった。

「藤堂か」

大刀の柄に右手を掛け鋭い声を発した。だが、人影からは武芸者独特の気のようなものは感じられない。と、思ったら姿を見せたのは善太郎である。

「なんだ、脅かすな」

「すみません」

「家で待っておればよかったではないか」

善太郎が訪ねて来た用件が弘前藩への売り掛け金回収の件であることは明らかだ。

「家では話し辛いのか」

「できましたら、どこか別の場所で」

「と、言ってもな。そうだ。酒でも酌み交わしながら」

縄暖簾にでも誘うと思った。

「いえ、お酒はいけません」

善太郎はかぶりを振る。

「ならば」

源之助は思案をしてから今日は駆けずり回り、いささか汗ばんだと思い、

「なら、湯屋にでも行くか」

「湯屋でございますか」

善太郎は意外そうに目をしばたたいた。

「そうだ。さっぱりしながら話をしよう」

「それもいいですね」

善太郎は頰を綻ばせた。

二人は亀の湯にやって来た。ひょっとして山波の姿があるのではないかと湯煙の中に視線を凝らしたが、今日は会うことはなかった。湯船に入ると善太郎は見かけとは違い熱い湯は平気なようで気持ち良さそうに表情を和《やわ》らげている。

源之助に向かって、

「お背中を流します」

善太郎の申し出を断ることはなく流し場に向かった。善太郎は源之助の背中をへちまでこすりながら、

「蔵間さまは、鍛えていらっしゃいますね」

「なんだ、急に」

「じつに逞しいお背中をしていらっしゃいます」

「若い頃はずいぶんと剣の修行に励んだからな。それに、二十年近くなんやかんやと駈けずり回る日々を送ってきたから自然と頑強な身体になった」

「親父とは大違いです。親父はひょろひょろとなんとも頼りない背中ですよ」

「善右衛門殿は商人じゃからな。だが、その背中には計り知れないご苦労が積み重なっておるのだ」

善太郎の動きが止まった。

「どうした」

「いえ、その言葉、なんだか、わかるような気がします」

「おまえの成長の証《あかし》だな」

「そうでしょうか」

善太郎は再び力を込めた。

「もうよい」

源之助は言い再び湯船にざぶんと浸かった。

「そうだ、二階で話すか」

源之助は湯船から上がり、脱衣所に向かった。善太郎も続く。二人は着物を着ると、階段を二階に上がった。二十畳ばかりの座敷になっていて湯上がり客の休憩所になっている。銭を払い、碁や将棋を打ったり、世間話に興じたりする一種の社交場だ。

この時も何人かの客が涼みがてら将棋を打っている。それを囃《はや》し立てる者たちの楽しげな語らいがあった。善太郎は茶を運んで来た。

「わたしも蔵間さまと一緒に働きたいんです」

辺りを憚って具体的なことは口に出していないが、源之助には言いたいことはわかり過ぎるくらいによくわかる。そして、その意思は安易に拒絶することができないくらいに固いものであることも。

「善右衛門殿はどのように申されておるのだ」

源之助は夜風が心地良かった。善太郎は湯上りの艶々とした顔で、

「自分で蒔《ま》いた種だ。自分で刈り取れ、と。これも商人の仕事だと。ですから、わたしは決して蔵間さまにお縋《すが》りするのではございません。頼るばかりではないのです。

わたしも必死で働きたいと思うのです。蔵間さまにしましたら足手まといかもしれませんが、どうか、お願いします。わたしを使ってください」

善太郎は決して悲壮ではない。それどころか、これが商いであるかのように強いやる気をみなぎらせていた。
二、三日前のしょぼくれた態度とは大違いである。これなら、大丈夫だろう。
「わかった」

源之助が短く返事をすると善太郎も力強くうなずく。

「では、早速、お役目を」

善太郎は勇んできた。

「ならば」

と、思案をした時、はたと膝を打った。

「おまえ、柳橋の花扇という料理屋を存じておるか」

「はい、親父について寄り合いで何度か行ったことがございますが」

「ならば、座敷を取れるな」

「おやすい御用です」

善太郎は答えながら源之助の依頼の目的を目で訊いてきた。

「実はな、花扇を三田村は足しげく利用しておるのだ」

源之助は今日の出来事を語った。見る見る、善太郎の顔色が変わっていく。

「とんだ、御仁だ。自分の行いを水森さまにおっかぶせていたなんて。益々、許せない」

三田村の行状は善太郎の怒りとやる気に拍車をかけることになった。

「まあ、落ち着け」

源之助は言いながらも喜ばしい思いだ。

「すみません。必ず座敷を取ります。しかも、三田村さまのお座敷の隣を」

「無理をするなよ」

「任せてください。女将《おかみ》とは面識がありますから。絶対に三田村さまの尻尾を捕まえてやる」

善太郎はすっきりとした顔になり、

「蔵間さま、将棋を指しませんか」

「そうだな、よし、やろう。久しぶりだ」

将棋、しばらく指していない。ま、ここは肩の力を抜くことも必要だろう。善太郎は将棋盤を持って来た。いそいそと駒を並べる。

「先手でよろしいですか」

源之助の返事を待たず善太郎は角道を開けた。源之助も駒に指をかける。善太郎は思いの他強かった。

気楽な気持ちで指していたが、ついつい後手を踏み、三番やって三連敗を喫した。

「まいった」

「偶々でございますよ」

善太郎は勝者のゆとりを見せた。別に腹は立たなかった。それは、将棋に興味がないこともさることながら善太郎の生き生きとした様子が微笑ましかったからだ。

「では、吉報をお待ちください」

善太郎は弾んだ声で別れを告げた。

三

善太郎から花扇の座敷が取れたという連絡が入ったのは翌々十日のことだった。源之助は京次を伴って花扇に向かった。源之助は一応、羽織に袴を穿き、京次も着流しに黒紋付を重ねている。

庭はさすがに高級料理屋だ。木々は手入れが行き届き池の水は澄み渡って大ぶりな鯉が気持ち良さそうに泳いでいる。周囲に石灯籠や松が植えられ、ひときわ目を引く桜が満開の花を咲かせていた。薫風に乗って運ばれる桜の花弁がぴかぴかに磨きたてられた縁側に舞い落ち、歩くだけで贅沢な気分にさせられた。

仲居に案内されて奥まった座敷に入って行くと善太郎が待っていた。三人の中では善太郎がもっとも気楽に着流し姿だ。その気楽な様子は余裕が感じられ、いかにも大店の若旦那のお座敷遊びを思わせた。

「隣には三田村が来るのか」

「三田村はまだですね」

源之助も善太郎も最早三田村のことを呼び捨てである。京次も目を吊り上げていた。

そこへ女将が挨拶に現れた。登勢《とせ》というでっぷりとしたいかにも客あしらいのいい女である。

「杵屋の坊ちゃん、今日はありがとうございます」

登勢は何がおかしいのかけたけたと笑った。

「坊ちゃんはよしとくれな」

善太郎はやんわりといなしてから源之助に向き、

「こちらは、北町の蔵間さまだ。大変にお世話になっている。粗相のないようにね」

善太郎は源之助を紹介し、京次を源之助の手先と紹介した。

「ま、こちら、男前だこと」

登勢は京次を見て感嘆の声を上げる。

善太郎が乗り出した。早く、三田村の来訪について訊きたくてならないようだ。焦りは禁物である。源之助が善太郎を目で制し、

「ところで、この料理屋のお座敷に出ておる芸者で千津と申す者がおるであろう」

と、何気ない調子で尋ねた。

「蔵間さま、お千津ちゃんをご存じなんですか」

登勢は意外そうだが、むしろ初めての客との話のきっかけを摑めたことを喜んでいるようだ。

「この京次の女房はな、常磐津の稽古所を営んでおってな、その稽古所に千津も通っておったのだ」

「神田三河町のお峰さんの所ですか、まあ、どうりで粋なお方だこと」

登勢はすっかり打ち解けた様子である。

「で、千津はいつ頃来る」

「間もなくです。お隣のお客さまがおいでになられる頃ですからね」

「そう言えば、千津はこのところ馬鹿に景気のいい客がいて、女将さんから応援を頼まれたと申しておったが」

「そうなんですよ。ずっと、頼んでいたお菊《きく》さんが患ってしまいましてね、それでお千津ちゃんに来てもらっているんですけど。馬鹿に景気のいいお客さんなんですよ」

「弘前藩のお侍さまと聞いたが」

京次が尋ねた。

「そうなんですよ。連日、商人のみなさんと飲めや歌えの騒ぎで、うちとしましては大変にありがたいのです」

登勢はうれしそうにけたけたと笑うと、

「いらしたようですわ」

と、思わせぶりな笑みを浮かべぺこりと頭を下げると慌《あわただ》しく廊下に出た。障子越しにでも登勢の甲高い声が聞こえる。黄色い声を上げているところを聞くにつけ、三田村の歓迎のされようがよくわかる。

「さて、我らもぱっといくか」

源之助が言うと、

「そんなことをしてよいのですか」

善太郎は思わずといった様子で問い詰める。

「三田村とてまだ素面《しらふ》だ。露骨に探りを入れることはできまい」

「まあ、そうですが」

「酒はほどほどにするにしても料理はいただこうではないか」

「それがいいですよ」

京次も乗ってきた。

「よし、となったら」

善太郎は手拍子を取った。すると、その手拍子が誘い水となったのか隣の座敷からも賑やかな声が聞こえてきた。隣は大勢でしかも音曲まで聞こえる賑やかさだ。

「始まりましたよ」

京次が言った。

「ちょっと、厠《かわや》へ行ってくる」

源之助は様子を見ようと立ち上がった。善太郎と京次は頰を引き締めた。厠は隣の座敷を通り過ぎた突き当たりにあった。

廊下を通る。襖が開け放たれていた。厠へ行く振りをして一旦、座敷を通り過ぎてから柱の陰に身を寄せた。

座敷では三田村が布切れで目隠しをされ、幇間《たいこもち》や芸者に囃《はや》し立てられている。手拍子を打たれ、

「鬼さんこちら」

と、目隠しされた状態で手を打ち鳴らす方向へと追いかけている。

「逃がさんぞ」

三田村は番屋や藩邸で会った堅物《かたぶつ》とは別人である。いかにもだらしないその態度はこの場で斬り殺してやりたくなるほどだ。

「捕まえた」

三田村は芸者の一人に抱きついた。芸者は嬌声を上げ、幇間や商人がさかんに追従《ついしょう》笑いをしている。

「お見事」

商人風のでっぷりとした男が小判を差し出す。

「よし、受け取れ」

三田村は景気良くばら撒いた。

「三田村さま、太っ腹」

幇間がよいしょをする。別に三田村の懐から出ているのではないがみなそれを承知で追従を送っているのだ。

「よし、権太《ごんた》、一杯取らす」

三田村は上機嫌で杯を手渡しにする。権太と呼ばれた幇間は杯を一息に飲み干す。

「よし、よし、見事なものだ」

三田村の顔はすっかり酒で赤らんでいる。

それからまたもどんちゃん騒ぎが始まる。馬鹿馬鹿しくて見ていられないと思っていると折りよく座敷から千津が出て来た。

千津は源之助に気がつかず通り過ぎようとした。

「ちょっと」

それを引き止める。

「まあ、蔵間さま、この料理屋のことが相当にお気に召したようですね」

千津は微笑んだ。

「評判を聞くほどに来てみたくなってな。知り合いの商人に頼んで一緒にやって来た。ところで、ちょっと、頼まれてくれぬか」

「蔵間さまがわたしにどんなことをですか」

千津は小首を傾げる。

「あの武家は弘前藩の三田村格之進さまであろう」

源之助は三田村に視線を向けた。千津は小さくうなずく。

「弘前藩の三田村格之進さまに、ここで藤堂彦次郎が待っていると伝えてくれぬか」

「藤堂……。誰です」

千津は小首を傾げる。

「誰でもよい。わたしのことは言わず、藤堂が待っているとだけ伝えて欲しいのだ」

「よくわかりませんが、蔵間さまが頼まれるのなら、それくらいのことでしたら」

千津は戸惑いながらも了解してくれた。

「すまぬな」

源之助は再び柱の陰に身を寄せた。座敷では相変わらず馬鹿騒ぎが繰り返されている。千津は座敷に戻ると三田村の傍らに行き耳打ちをした。三田村が動揺するのが手に取るようにわかった。腰を浮かし辺りをきょろきょろと見回している。

そんな三田村の気持ちなど慮《おもんぱか》る気持ちなどないのだろう。幇間はひたすらよいしょをし、芸者たちは酌にいそしみ、商人は追従笑いを絶やさない。三田村は顔色を変え、囃し立てる言葉にも耳を貸さない。

そんな三田村の表情に気づいた商人がようやく気を使い出した。三田村は商人が差し出す蒔絵《まきえ》銚子をいなしながら、立ち上がった。そして、そのまま座敷から縁側に出て来る。それを幇間も追って来る。

「厠でございますか、ならば、お供を」

幇間は調子のいいことを言いながら三田村にまとわりつく。それを不愉快そうに、

「いいから、座敷で待っておれ」

三田村は厳しい声を浴びせた。

「どうもすみません」

幇間は小さくなった。

三田村は幇間が座敷に引っ込んだのを目で追いながら厳しい顔で肩を怒らせてやって来る。

「これは、三田村さま」

柱の陰から源之助は姿を現した。三田村ははっとしたように源之助を見つめ、

「蔵間……。これは奇遇だな」

と、ばつが悪そうに目をそらしたのはこのような場で遭遇したことの後ろめたさを感じているのだろう。

「お盛んでございますな」

源之助は皮肉を込めた。

「まいった」

三田村は源之助に視線を戻した。

「どうされましたか」

源之助は惚《とぼ》けた風に問いかけをする。

「いや、迷惑千万。噂には聞いておったが江戸の商人と申す輩は実にしつこいものだな。いやだいやだと断り続けたが、どうしても付き合えと、桜が美しい所があるから花見でもしましょうと無理に誘われたのだ。確かに桜は美しい。だが、このような乱稚気騒ぎとなるとは思ってもおらず、いささか閉口した」

三田村はさも迷惑そうに小さくため息を吐いた。

「それは大変ですね。ですが、三田村さまも随分と遊び慣れたご様子で粋なものでございます」

「そんなことはない」

三田村はむっとした。

「これは、失礼申し上げました」

「それより、江戸の町方役人はこのように贅沢な料理屋で飲み食いができるとはさすがよのう」

今度は三田村が皮肉を返してきた。

「なにも、飲み食いに来たわけではござらん」

「すると、御用で来たと申すのか」

源之助は一拍置き、

「藤堂彦次郎から呼ばれたのでござる」

「なんだと」

三田村の目つきが変わった。

四

「藤堂からここへ来るよう言われました。きっと、大事な話があるのでしょう」

源之助はさも藤堂を探すかのように首を伸ばした。

「藤堂が貴殿に何用でござろうな」

言いながらも三田村は探りを入れるように視線を凝らした。

「さて、とんと見当もつきませんが、そうですな、このように晴れやかな所で飲んでみたいと思ったのかもしれませんな」

源之助は思わせぶりにニヤリとして見せた。

「ふん、らちもない」

言いながら三田村は険しい顔で座敷へと戻った。源之助もおもむろに座敷に戻る。

「面白かったですよ」

京次が言うと、

「三田村の驚いた顔ったらなかったですね」

善太郎も応じた。

「おまえたち見ておったのか」

「障子の陰からそっと」

京次は首をすくめた。

「あの乱稚気騒ぎを見れば三田村が不正を行っておることは確かだろう。火を見るより明らかではあるが、あくまで商人との付き合いと突っぱねられればどうしようもない。ましてや、水森さまを殺させたということには結びつかん」

源之助の冷静な分析に善太郎の顔も真剣味を帯びる。

「こんな時に藤堂さえいてくれたらな」

源之助はついぼやいてしまった。

「でも、三田村が実にいい加減で私腹を肥やす御方ということがよくわかりましたよ。あんな男に取り入って、藩邸へのお出入りなどしたいとは思いません」

善太郎は決意を語った。

「よく言った」

京次も誉める。

善太郎は気持ちを新たに、

「でも、納入した履物の代金はきっちりと回収しますよ。あの履物には杵屋の看板がかかっております。それに、奉公人たちの苦労、履物をこさえた職人たちの気持ち、それらを踏みにじる行為は絶対に許せませんから」

「その意気だ」

源之助に言われると善太郎は一段と意気軒昂《けんこう》となり、

「これを失いましたら、商人として失格です。決して忘れません」

「おまえにその気持ちがある限り、商人として道を踏み外すことはないだろう」

源之助は言ってからふっと空腹を覚えた。目の前にあるご馳走に視線を向ける。隣の座敷は三田村の不機嫌が作用しているようで音曲の音色や人の声もずいぶんと控え目になっている。

突然、廊下を慌《あわただ》しい足音がする。登勢の声がした。

「お待ちください」

登勢の声は切迫したものだった。何事かと京次が障子をわずかに開けた。その隙間を見るからに浪人の風体の男が通り過ぎた。

「藤堂」

源之助の口から驚きの声が漏れた。善太郎と京次も目を瞠《みは》った。源之助は二人に動くなと言い、そっと、廊下に出ると庭に降り、躑躅《つつじ》の陰に隠れた。

「おやめください」

行く手を阻む登勢を払い除け藤堂は三田村の座敷に踏み入った。

「ああ」

驚きとも憤慨ともつかない声が上がった。

「な、なんだ」

三田村の声が響く。三味線の音がやんだ。幇間もどうしていいのかわからないようにおろおろとしている。登勢は三田村に向かって何度も頭を下げる。三田村はそれでも、みなの手前、体面を気にして威厳を保つように、太い声を出して芸者や商人、幇間を下がらせた。

源之助が三田村を欺《あざむ》いたことが現実となった。

瓢簞《ひょうたん》から駒である。

座敷からぞろぞろと人々が消え、だだっ広い座敷に三田村と藤堂、それに登勢が残された。三田村は登勢に、

「よい、下がっておれ」

と、努《つと》めて冷静に声をかける。

「では、御免ください」

登勢は戸惑いながらも関わりを逃れるように足早に立ち去った。

「藤堂、しばらくじゃ」

「このようなご無礼、お侘び申し上げます」

藤堂は大刀を鞘ごと抜き、左に置いた。

「おまえの働きに報奨金を与えねばならんな、そう思っておった」

「さようにございますか」

藤堂の声は冷めている。その声音からして三田村への信頼が失われていることが窺

える。

「まずは、報奨金じゃ」

三田村は手づかみで小判を差し出した。

「無用にござる」

藤堂の物言いは堂々としていた。

「遠慮することはない」

「遠慮ではございません」

「どうした、何か不満でもあるのか。もちろん、報奨金はこれが全てではない。落ち着いたら、更なる金子《きんす》とおまえの帰参を適《かな》えてつかわす。それに、江戸の藩邸に然るべく役職を用意する」

三田村は目元を緩めた。

「それも無用でございます」

「なんじゃと」

三田村の視線が凝らされる。

「このような汚れた金を受け取るつもりはないと申しております」

「汚れた金だと」

「いかにも」

「何故そのようなことを申す」

「この金、商人どもからの賂でございましょう。三田村さまは水森さまがそのようなことをしておられる。まさしく、藩を食い物にする奸臣と申されました。しかし、それは、まさしく三田村さまが行われておられることではございませんか。わたしは、弘前藩の者、何人かに当たりまして事実を探りました。それに、わたしと知己《ちき》を得ております北町奉行所の同心からも三田村さまこそが奸臣との話を聞きました。わたしは、騙されておったのです」

藤堂は目を爛々と輝かせた。

「らちもない。その町方の役人とは北町の蔵間とか申す者であろう。そのような者の申すことを信じてなんとする」

「蔵間とは剣を通じて交流を深めた仲でございます」

「それは、二十年も昔のことであろう。それから、ずいぶんと月日が経っておるのじゃ。人は変わるぞ。蔵間は自分が世話をしておる商人の利を考えておるのじゃ。よいか、その商人は水森へ賂を贈り、藩の出入りを許された悪徳商人だ。そのような者に蔵間は加担し、今回、その商人の手先となってわしを攻め立てておるのじゃ。蔵間なんぞの口車に乗ってなんとする」

「では、この騒ぎはなんでございます。これが、藩の台所を取り仕切る者がすべき行動でしょうか」

「これも方便と申すもの」

三田村はしれっと答える。

「方便と申されるか」

「いかにも。公正に商人を出入りさせるには商人どもの性根を知らねばならん。人と申すものは、酒を飲み、胸襟《きょうきん》を開いた時に本性を現すものじゃ。よって、商人どもの本音を引き出すために敢えて痴態をさらしておる。これも役目というものじゃ」

三田村は薄笑いを浮かべた。

「そういうことでございましたか」

藤堂は表情を和ませた。

「わかってくれたか」

三田村も微笑んだ。

藤堂は静かに首を横に振り、

「わかりました。はっきりとわかりました。三田村格之進さまこそが奸臣であると」

三田村の表情が強張った。

「わたしは奸臣を成敗するために藩を離れました。よって、三田村さまを斬らねばなりません」

藤堂は大刀を手に立ち上がると同時に抜き放ち横に掃《はら》った。三田村は横転した。床の間を飾る青磁の壺が真ん中辺りから両断された。

「今度は手加減しませんぞ。この壺のように」

藤堂は大刀を正眼に構え直した。

「待て、嘘ではない。水森こそが。誰か」

三田村は絶叫した。すると、廊下を慌しい足音がし、警護の侍が雪崩《なだ》れ込んで来た。

藤堂はあっという間に囲まれた。

「狼藉《ろうぜき》者じゃ。成敗《せいばい》せよ」

三田村は衆を頼み元気を取り戻した。

侍たちは抜刀した。

「何の騒ぎだ」

源之助は躑躅の陰から大声を上げた。侍たちは一瞬、刀を引いた。侍たちの輪が乱れる。藤堂はその隙間を突き破り座敷を横切って庭に降りる。登勢がおっとり刀でや

って来た。目を白黒とさせる登勢に、
「なんでもない」
三田村は悔しげに呟いた。
藤堂は板塀を超えた。
京次がその後を追って行くのが源之助の目の端に映った。
——頼むぞ——
京次の働きに祈りを込めた。

第七章　踊らされた正義

一

源之助は座敷に入った。三田村を警護していた侍たちが五人で盾《たて》となって三田村に近づけなくしている。

「三田村さま、この騒ぎはなんでございます」

盾の向こうにいる三田村に向かって声をかける。侍たちを押しのけ三田村が現れた。

「当家の出来事、町方とは関わりない」

「ですが、ここは町方が関わる料理屋でございます。その料理屋で刃傷《にんじょう》沙汰が起きた、しかも目前で起きたとあっては見過ごしにはできません」

「刃傷沙汰とは大袈裟だ。あくまで、我が藩内での揉め事だ。町方に介入していただくようなものではない」

「藤堂彦次郎が来ておりましたな」

これには三田村も惚《とぼ》けるわけにはいかないと思ったのだろう。

「いかにも藤堂が来た。まったく、野良犬のように成り果てておった」

「藤堂は三田村さまからの指令で動いておったのではございませんか」

「言いがかりというものだ。それに何度も申すが町方にも貴殿にも関わりない」

三田村は激しく首を横に振り突っぱねる。

「惚けられるか。答えられないと申されるのか」

「馬鹿馬鹿しい、あくまで弘前藩内でのこと。貴殿とは関わりない。それに、女将」

三田村は登勢に向いた。

「はい」

登勢はおろおろと両手をつく。

「そなた、この騒ぎ、町方に訴えるか」

三田村に正面から言葉を投げられては登勢ならずとも肯定できるものではない。果たして、

「滅相もございません」

源之助もそれには期待していない。それでも、皮肉の一つも言いたくなった。

「登勢、床の間にあった青磁の壺が壊された。平気なのか。ずいぶんと値の張る壺ではないのか」

三田村が怖い顔で登勢を睨んでいる。

「大したことはございません。宴会で騒ぎが起きましたら、時には興が過ぎて襖やら屏風やらが壊れることは珍しくございませんので」

「だが、この壺、興が過ぎたではすまぬと思うが。ずいぶんと値の張る代物《しろもの》ではないのか。青磁の壺だからな。それでもいいのか」

源之助は真っ二つとなった壺を拾い上げ登勢の前に差し出した。

「大抵はその……。お座敷をお使いになられたお客さまが弁償してくださいます」

登勢は蚊の鳴くような声で答えた。

源之助はにんまりとして、

「ということでございます。三田村さま、どうぞ、弁償を」

「いくらだ」

三田村は不機嫌な顔をする。

登勢はおずおずと、

「三百両ほどでございます」

「馬鹿な」

三田村は苦虫を嚙んだような顔をした。

「それくらいするのではございませんか」

源之助は言う。

「あれは、わしが壊したのではない」

「また、お惚けを」

「惚けてはおらん、藤堂の刃で壊されたものじゃ」

「藤堂のせいにするのでございますか」

「せいではない。事実を申しておる」

「ともかく、二人の争いの結果、壊れたのですからな、相応の負担が当然でござろう。女将、弁償していただけ」

源之助は登勢に向いた。

「は、はい」

登勢は躊躇《ためら》いがちな返事をする。

「三田村さま、なんなら今日同席をした商人に払わせたらいかがですか。もっとも、商人どもとて壺が壊れる場にはいなかったのですから、良い気持ちはしないでしょう。それに、三百両もの大金となりますと二の足を踏むでしょうな」

源之助はくすりと笑った。

「弁償などする義理はない。どうしても弁償して欲しくば、藤堂を捕縛して支払わせるのだな。用件は済んだであろう。さっさと出て行かれよ」

「どうも、お邪魔しました」

源之助は馬鹿丁寧に頭を下げると悠然と座敷から出て行き、善太郎が待つ座敷に入った。善太郎は源之助と三田村のやり取りを聞いていたのだろう。うれしそうな顔で、

「いい気味でございますね」

「あれくらいのこと、ほんの悪戯程度ではあるがな。いささかなりともやり込めてやった。それより、京次が藤堂を追った。居所を突き止めてくれればいいのだがな」

「そうですね」

善太郎も賛同する。

源之助は茶を飲みながら、

「善太郎。今回、水森さまが亡くなられて、出入り止めになった商人は杵屋の他にもおろう」

「小間物問屋、呉服問屋、酒問屋、醬油問屋、炭問屋、根こそぎでございますからね」

「ならば、それらの者たちを集めてはどうだ」

「しかし、訴えても聞き入れてはいただけないのでこうしてわたしは」

「それはわかっておる。だが、おまえたちが束になってかかれば、弘前藩の藩庁とて無視はできまい」

「それも、そうでございますね」

「今晩の乱稚気騒《らんちきさわ》ぎで今出入りしておる商人どもにも不満が出るであろう。さすれば、三田村を揺さぶることにはなる」

　善太郎は顔を輝かせる。

「わたしは藤堂を探し当てる。そうでないと、ひょっとして三田村の手の者に先を越されてしまっては藤堂の身が危ない」

「殺されてしまいますか」

「おそらくはな」

　源之助は言いながら口に料理を運んだ。

源之助は善太郎と別れてから京次の家に行った。京次が戻るのを待つつもりだ。ぼんやりとした薄闇の中に心地良い三味線の音色がしている。

格子戸を開け、中に入る。

「京次が戻るまで待たせてもらうぞ」

源之助は大刀を鞘ごと抜いて座敷に上がった。

「お茶でも淹れます」

お峰はさっと立った。ふと三味線に目をやる。つい、手に取って爪弾いてしまう。

「おや、旦那、また、三味線を習う気になったんですか」

「習うのはどうかと思うがな」

源之助は複雑な気持ちになった。

「いつでも習いにいらしてください」

お峰は愛想よく言った。

すると、そこへ、

「けえったぜ」

と、京次が帰って来た。

「お待ちだよ」

お峰に言われ、

「お待たせしました」

京次の目元は綻《ほころ》んでいた。それを見ただけで期待が持てる。

「行くか」

源之助はすぐに京次に案内させようとした。京次は力強くうなずく。

「おや、もうお出かけ」

お峰は拍子抜けのような表情だ。

「ああ、ちょっとな」

「なんだか、忙しいんだね」

「まあ、ちょっとな」

「ちょっとな、ちょっとなってわけのわからないことばっかり言うんじゃないよ」

「うるさい。女の出る幕じゃないんだ」

「なによ、その言い方は」

「うるせえ、すっこんでろ」

「なによ」

お峰は顔をしかめる。たまりかねて、

「おい、おい、今日のところはそれくらいにしておけ」

源之助は微笑《ほほえ》ましい気持ちになった。

「すんません、こいつのせいで、みっともねえところをお見せしてしまいまして」

「みっともないのはあんただよ」

お峰は屈しない。

「わかった、行くぞ」

源之助は京次の袖を引いた。

「戻って来たらただじゃおかねえからな」

「なにさ、心張り棒を掛けて家には入れてやらないからね」

「けっ、勝手にしやがれ」

京次は家を出た。背後でお峰が格子戸を勢いよく閉める音がした。京次は肩をそびやかし、

「すんません。みっともねえところをお見せしてしまって」

「かまわんさ。いつもながら仲がよいな」

「そんなことありませんよ。うるさくっていけませんや」

「よい女房を持ったってことだ」

「そんなことござんせんや」

京次は照れを隠すように急ぎ足になった。

二

源之助は京次の案内で谷中にある幸隆寺という浄土宗の寺にやって来た。ここは宗方家の菩提寺だった。

「ここにいるということは、亜紀殿と連絡がついたということか」

源之助は呟いた。

だが、京次はそれに答えることはできずにいる。京次としては藤堂が逃げて行くのを追跡し、ここに至っただけなのだろう。山門に入り、庫裏《くり》の裏手に行く。離れ座敷があり、そこの障子に行灯に映し出された藤堂と思しき男の影が見えている。

京次が近づこうとした。それを源之助が制して、

「ここで待っておれ」

と、言い置いてそっと離れ座敷に近づく。そこで、声をかけようとした時、うっかり小石を蹴飛ばしてしまった。その小石が池に落ちて小さな波紋が広がる。

影絵が動き障子が開いた。

「亜紀か」

と、藤堂は言った。

源之助は立ち上がった。藤堂と視線が交わった。藤堂は口を閉ざしていたが、

「上がれ」

と呟くと、くるりと背中を向けた。源之助は庭に京次を残し部屋に入ると、

「柳橋の花扇におった」

そう告げると藤堂は苦笑を漏らし、

「先ほどのおれと三田村のやり取りを見ておったのか」

「ああ」

「何故だ」

「馴染みの商人が弘前藩に出入りがかなった。水森さまに認められてのことだった。ところが、水森さまが亡くなり、三田村が後任に就いた途端に出入り止めとなった。その上、納入した履物の代金、五十両あまりも踏み倒される始末。放っておくことはできず、弘前藩と三田村さまを内偵しておるうちに花扇に行き着いたということだ」

藤堂は寂しげな目をして、

「まったく、おれはなってないな」

「やはり、水森さまを殺《あや》めたのはおまえか」

「そうだ」

「三田村さまに命じられたのだな」

「三田村さまは国許で藩内改革を訴えられ、その旗頭だった。その三田村さまが江戸藩邸で奸臣水森主水が居座っている限り、藩の改革は行えん、そのことを日々言われた」

三田村はある日、弘前城下で藤堂を酒の席に誘った。今年の正月から江戸勤番になったという。しかも、奸臣水森主水の下で働くことになった。

「三田村は決意を告げるように言ったものだ。これはある種の好機。自分は水森の身辺を探り、その不正を糾す。しかし、水森は狡猾な上に殿さまの覚えめでたい。おいそれと弾劾はできない。となると、自分は敢えて逆賊の汚名を着ても水森を討つと申した」

藤堂はここで小さくため息を漏らした。それからおもむろに、

「おれは馬鹿だった」

と、うなだれた。その姿を見ればそれから先は何を聞かなくても想像はつく。

「一本気なおまえのことだ。水森を斬ることを引き受けたのだろう」

「いかにも。おれは三田村さまは改革の旗頭。いたずらに命を落としては駄目だ。三田村さまが処罰されては、たとえ水森が取り除かれたとしても、改革は覚束ない。犬死になる恐れがある、つい、そう言って」

「水森を斬ることを引き受けたのだな」

「そうさ」

藤堂は吐き捨てた。

「それで、藩を離れた」

「いかにも。三田村さまからは金を渡されたが、江戸に入るにはなるべく素性を知られないほうがいい。そこで、おれは、あのようなみっともない荒《すさ》んだ暮らしぶりをして周囲を欺くことにした」

「手の込んだことだったな」

「それくらいのことをしなければならないと強い決意をしたんだ。まったく、馬鹿なことをしたもんだ」

藤堂は自嘲気味な笑いを浮かべた。それは、一本気な人柄を狡猾な三田村に利用され、いいように使われた剣の達人の成れの果てと呼ぶにはあまりに哀れだ。

「しかし、おまえに会って三田村さまへの疑念が募った。三田村さまを探索するうちに花扇に行き着いたということだ」

源之助は少し間を置いてから、

「亜紀殿には会ったのだな」

「昨日だ。密かに道場を訪ねた。死ぬ前に一度、これまでのことを詫びようと思ってな」

「三田村を斬って死のうと思ったのか」

「それ以外に道はない」

「そんなに思いつめたところで仕方ないだろう」

「そんなことはない。おれは、罪もない、いや、それどころか調べてみれば清廉潔癖な水森主水さまを真の奸臣たる三田村格之進にそそのかされて斬ってしまったのだ。まさしく、万死に値する罪だ。この上は三田村を斬り、自分も切腹することでしか水森さまの死に報いることはできん」

「考え直せ」

「いや、そうしなければ武士として沽券《こけん》に関わる」

「おまえ、犬死になるかもしれんぞ」

「かまわん」

「かまわんことがあるものか」

「どうせ、野良犬のような暮らしをしておったおれのことだ。このまま野垂れ死ぬよりはましだ。せめて武士らしい最期を遂げる」

「死に場所を求めることはない」

「おれは武士だ」

藤堂は虚勢を張るように胸を張った。

「しかし」

反論をしようとした時、障子越しに足音が近づいた。藤堂は立ち上がり障子を開けた。御高祖頭巾《おこそずきん》を被った亜紀がいた。手に風呂敷包みを抱えている。亜紀は庭から座敷を見上げ源之助がいることに驚いた様子を見せたが藤堂に、

「早く上がれ」

と、促され座敷に上がって来た。御高祖頭巾を取り源之助に挨拶をした。藤堂が簡単に源之助がここにいる理由を話した。

「ご心配をおかけしました」

風呂敷包みの中身は藤堂の着替えである。

「思いもかけない再会となった。藤堂、考え直してはどうだ」

源之助は亜紀を前にして敢えて藤堂の決意を咎めた。

「できん」

藤堂は亜紀に視線を向ける。亜紀は固唾を呑んで二人のやり取りに視線を凝らしている。

「三田村さまとておまえを水森殺しの下手人として突き出すことはできまい。江戸をしばらく離れてはどうか」

「できん。おれはあくまで三田村を討つ」

藤堂の決意は微塵《みじん》も揺るがない。源之助は亜紀に向き、

「亜紀殿、藤堂の決意、いかに思われます」

亜紀は遠慮がちに口を閉ざしていたが、

「わたくしは主人の思うままで」

と、言ったが。

「ここは、そんな遠慮めいたことを申しておられる場合ではございません。よいですか、ここまできたのです。心の叫びを藤堂にぶつけられよ」

亜紀はそっと藤堂を見る。藤堂は口を閉ざしている。

「この際だ。はっきり申されよ」

「わたくしは主人についてまいりました。昨年の暮れ、主人が藩を離れるに際して離縁を申し渡された身でございます。最早、藤堂彦次郎の妻ではないのです。妻でもないのに、藤堂の行いをどうのこうの申せるものではございません」

淡々とした口調で話していた亜紀だが次第に感情が激してきたようで言葉が震え出した。そのうちに言葉が途切れ途切れとなり、

「でも、一人の女としまして藤堂彦次郎の無事を願うばかりでございます」

そう言った亜紀の目からは涙が溢れ嗚咽《おえつ》が漏れた。亜紀の嚙み殺したように遠慮がちな泣き声は静寂さを際立たせた。源之助も藤堂も口を閉ざし、言葉をかけようとはしなかった。

ひとしきり泣いてから亜紀は、

「申し訳ございません。取り乱してしまい、はしたないことを申してしまいました」

「はしたなくはございませんぞ。よくぞ、申された。藤堂、今の亜紀殿の言葉、しかと胸に刻め」

源之助自身も相当に気分が高揚しているのがわかる。感動しているのだ。

「ふん」

藤堂は舌打ちをした。それが亜紀の言葉を小馬鹿にしているわけではなく、照れ隠しなのだろうということは手に取るようにわかる。だが、それでも腹が立った。

「おまえ、それはないだろう」

拳を震わせて言い募った。

「おやめください」

亜紀はすがるよう叫んだ。源之助は深呼吸を二度、三度として心を落ち着かせてから、

「これで、失礼する。とにかく、藤堂、亜紀殿とよく話をしろ」

そう言い置いて源之助は離れ座敷を出た。藤堂はそっぽを向いていたが亜紀のことを心配しているのがよくわかる。

庭に降りて歩くと京次が近づいて来た。

「今日のところは退散だ」

そう短く告げた。

夜空を彩る月が冴《さ》えていた。横笛が聞こえたような気がした。亜紀のすすり泣きかもしれないと思った。

源之助は京次と別れてからしばらく考え続けた。とにかく、問題を一つ一つ片付けていくしかない。

三

と、思っているうちに千津の家の近くにやって来た。見過ごしにはできない大きな問題である。裏庭に回り、木戸を覗き込んだ。

母屋から行灯の灯りが漏れている。障子は閉じられたままだが何事か騒がしい声がする。

「出て行ってって言っているだろ」

千津の怒鳴り声がした。その激しさは千津の本性を見るようだ。

ひょっとして山波と争っているのか。いや、山波が千津相手に怒鳴られるようなことをするわけがない。ということは、平助か。平助が思い余って千津の所にやって来たのか。それで、千津に山波と別れるよう迫って争いとなった。

となると、放ってはおけない。

源之助は木戸から中に入った。母屋に近づくとさらに千津の声は大きく耳に届く。

しかも、かなり切迫したものが感じられる。

源之助は堪らず縁側に駆け上がり障子を開けた。そこには千津と風体の悪い、見るからにやくざ者といった男が二人いる。二人は千津の両手を引き、無理やり立たせようとしていた。

千津は源之助に気づき、

「蔵間の旦那、お助けください」

その千津の向こうに山波がうつ伏せに倒れていた。やくざ者にやられたようだ。安否を確かめようとした源之助にやくざ者が、

「こうなったら、毒を食らわば皿までだ」

と、芝居もどきの台詞を怒鳴ると懐に呑んでいた匕首《あいくち》を抜いた。にぶい煌《きらめ》きを放つ匕首を腰だめにする。

「やるか、悪党」

源之助はむしゃくしゃした気分を晴らすように腕まくりをした。

「野郎、馬鹿にしやがって」

やくざ者は猪のように突っ込んで来た。源之助は悠然と右に避け、やくざ者の首筋に手刀を振り下ろす。男は前のめりになって縁側に突っ伏した。もう一人は匕首を滅

多やたらと振り回す。源之助はその動きを冷静に見極め、

「どう!」

鋭い気合いと共に懐に飛び込むと拳を鳩尾《みぞおち》に叩き込んだ。やくざ者はうっと唸り声を発すると膝から畳にくずれ落ちた。

「番太を呼んでまいれ」

源之助は千津に言いつけた。事情を聞く前にこのやくざ者たちを番屋に突き出そうと思った。千津は物も言わず走り去った。そうしておいてから倒れている山波の側に寄った。

息をしている。脈もしっかりとしていた。

「山波殿」

抱き起こすと山波は薄目を開けた。それから朦朧《もうろう》とした面持ちできょろきょろと辺りを見回してから、

「痛たた」

と、後頭部をさすった。そして顔をしかめ、

「瘤《こぶ》ができたようじゃ」

と、苦笑いを浮かべる。

「どうされた」

その表情を見れば一安心といったところだ。

「みっともない話でござる」

山波はあぐらをかいて苦笑を浮かべた。

「よろしかったら、事情を話してくれませんか」

「実にもってみっともない話なのでござるよ」

山波は躊躇《ためら》いがちな調子ながら訥々《とつとつ》と語り出した。それによると、

「実は千津はこのやくざ者、久六《きゅうろく》というやくざ者とその手下なのじゃが、この久六につきまとわれておったのでござる。それで、ひょんなことからわしと知り合ったことをいいことに、わしを用心棒代わりにしようとしたのですよ」

「そういうことでござったか」

山波は照れ笑いを浮かべながら、

「わしもお恥ずかしながら、剣には自信があるなどとつい見栄を張ってしまったのでござる」

山波は恥ずかしさを隠すようにあははと笑った。

「年寄りの冷や水でござる。若い娘に頼られつい気が大きくなり、とんだ見栄を張っ

たばかりにこの様」

山波は千津から呼ばれてやって来た。久六が今日こそ力ずくで自分を奪いに来るという。そこで、山波に居てくれるよう要請した。山波は断るに断れず勢いで引き受けてしまったのだという。

「とんだ笑い話でござるよ」

「笑い話ではありませんぞ。八丁堀同心にも平気で歯向かうような向こう見ずな連中、まかり間違ってはお命も危うかったやもしれません」

「そうですな。拙者、多趣味といいながら肝心の剣のほうはさっぱり。まったく、恥じ入るばかりでござる」

「ともかく、お命はご無事で何よりでござった」

「面目ござらん」

山波は瘤をさすりながら苦笑を浮かべるばかりだ。そこへ、千津が戻って来た。源之助が縁側に立ち、

「やくざ者を番屋にしょっ引いてくれ」

番太数人が久六と手下に縄を打ち自身番へと連れて行った。

「千津、面目ない」

山波は両手を合わせた。

「ほんとに呆れましたよ」

千津の言い方は乾いたものだった。

「抜かっておった」

「頼りないったらないんだから。蔵間さまがおいでくださらなかったら、どうなったことやら」

千津はあけすけに非難めいた言葉をつらねる。

「おい、その辺にしておけ」

源之助は堪らず間に入る。

「蔵間さま、どうもありがとうございました」

「礼はよい。あの連中、追放刑でも食らうだろう。もう、安心せよ」

「重ね重ねお礼を申します」

千津は源之助に礼を言うことで山波への非難を込めているようだ。

「では、これでな」

源之助は腰を上げた。

「おや、いやですよ。一杯つけますから飲んでいってください」

「いや、もう、夜分遅いからな」

源之助はやんわりと断る。山波もばつの悪そうな顔で、

「わしも」

と、腰を上げた。

千津はそっぽを向いたまま返事もしない。源之助は腹が立ったが、これで山波の千津騒動も一区切りがついたと安堵の気持ちにもなった。

二人は千津の家を出た。

「いやあ、まいりましたな」

山波はわざと快活な調子である。

「これで吹っ切れたでござろう」

「そうですな。女というもの、様々な顔があるものです。千津のことを責めるのは筋違いですな。悪いのはわし。わしが、年甲斐もなく若い娘相手に熱を上げてしまった。

そういうことです」

「そう、ご自分を責めるのはおやめになられよ」

「しかし、蔵間殿にもご迷惑をおかけしたのです」

「迷惑などとは思っておりません」

「蔵間殿はおやさしいですな」

「そんなことはござらん。その場、その場を切り抜けておるだけでござる」

「倅の奴になんと申しましょうな」

「なんでしたら、ご一緒しましょうか」

「そこまでは甘えられません」

「わたしもここまで首を突っ込んだのです。遠慮なさることはない」

「いえ、わしが言います。女には振られたと」

山波は陽気な笑い声を上げた。

「平助殿、なんと申されるでしょうな」

「さて、小言を並べるでしょうな。ま、それも仕方なし」

「くれぐれもお気持ちを静かにされよ」

「そうですな、しかし、倅もあれで血の気が多いところがございますからな」

「それは意外な」

二人は急ぎ足で八丁堀へと向かった。途中、山波は三味線の手真似を繰り返してはその度に千津との未練を断ち切るように中断した。

「三味線はやめよう」

そう言うことで千津への未練を断ち切ろうとしているかのようだ。

木戸を潜り母屋の格子戸を開ける。すぐに久恵がやって来た。

「お帰りなさりませ」

源之助への気遣いが感じ取れる。ありがたいものだと身に染みる。藤堂と亜紀は心ならずも悪党に翻弄され別れなければならなくなった。

山波は束の間の恋を楽しみ、そして苦い思いと共に終わりを告げた。

自分は恋などしたことはあるのだろうか。亜紀への思慕の念は恋と呼ぶような深い感情の高ぶりではなかった。久恵とはお定まりの縁組だった。もちろん、久恵のことを慈《いつく》しんできたつもりだし、今後も大切に思う。しかし、それはあくまで家族に対する気持ちなのだ。

「どうかなさいましたか。ずいぶんとお疲れのようですが」

「いや、なんでもない」

自分はこれでいい。幸福だ。深い恋情を抱かなくとも、そこに頼れる女房がいるのだ。

今更ながら平穏な気持ちでいられる幸福を感じた。

四

翌十一日、居眠り番に出仕をすると引き戸の前に山波平助が立っていた。昨晩のことがあっただけに平助の訪問は予想できたことだ。平助は丁寧に腰を折り、

「このたびは、父のことでまことにお世話になりました」

「まあ、中へ入られよ」

源之助は平助を導き土蔵の中に入った。

「お父上は気を落とされただろう」

茶を淹れようとするのを平助が制し、自分がやりますと急須を取った。それから手早く茶を用意し土産だと鶯餅《うぐいすもち》を差し出した。茶を一口飲んでから平助は、

「昨晩のこと父から聞きました」

「お父上はさぞや肩を落とされておられただろう」

「それが頑固と申しますか意地っ張りと申しますか、強がっておりました。あのような女、こちらから縁切りなどと」

「平助殿はいかに申されたのだ」

「当初は父の身勝手さに腹が立ちましたので、父を散々に罵倒しました。父も負けじと噛み付いてきました」

二人はしばらくお互いを罵《のの》り合ったという。

「それはとんだ修羅場《しゅらば》でござったな」

平助は苦笑を漏らした。

「なんだか父が憐れに思えてきました。思えば父は母を亡くして男手ひとつで育ててくれました。最近になって知ったのですが、父が両御組姓名掛に異動になったのは、当時の与力さまの方針に逆らったからだそうなのです」

平助は例繰方に属している。過去に奉行所で取り扱った事件を記録し、御白州《おしらす》で行われる裁許の際、類似する事件の判例を整える。

「父は若い頃、定町廻りに属しておったのです。ところが、ある商人の女房の死を巡って自害にもかかわらず、商人は店の体面を気遣い病死として扱うよう与力さまに取り成しを頼んだのです。かねてより、その商人から付け届けをもらっていた与力さまは商人の意を汲み女房を病死扱いとしました」

山波はそれに納得せず、与力に逆らったという。

「それで両御組姓名掛に……」

山波も自分と似たような境遇だったのだ。あの温厚な好々爺然としたその風貌の過去には熱血同心の顔が埋もれていた。

「それから時が流れその与力さまが隠居なさったのを機に定町廻りに戻る話もあったようです。その矢先、母が亡くなりました。父はまだ幼かったわたしのめんどうを見るには、多忙を極める定町廻りよりも両御組姓名掛を勤めていたほうが都合がよいと考え、せっかくの異動の話を断ったそうです。周囲からは後妻をもらうよう勧められたようですが、それも受け入れなかったそうです」

平助はしんみりとなった。

「ご立派な父上だな」

源之助は腹の底からそう告げた。

「今回の騒動、決して誉められたものではない、それはみっともない話です。わたし自身、父の老いらくの恋を憤り、それは恥ずかしい思いをしました。でも、それはほんの父の一面しか見ていなかったのだとわかりました。今回のことだけではございません。今まで、父とはろくに話をしようともしませんでした」

平助にとっては今回の一件が父と向き合うよい機会になったようだ。

「それもこれも蔵間殿のお陰です」

平助は吹っ切れたように爽やかな顔だ。

「わたしなど別段何もしておらん。ただ、成り行きに身を任せただけ」

「そう言いながら、父のことを心配してくだすったではございませんか」

「平助殿からの依頼を引き受けた以上、何もしないわけにはまいらんからな。それに、わたしも息子を持つ親なのでな」

「蔵間殿のご子息は見習いとして日々、精進しておられるのでしょう。蔵間殿の血を引くからにはきっと立派な同心となることでしょう」

「だといいのだが」

言いながら自分は源太郎とどれほど向かい合っているのだろうという思いに駆られた。自分なりには接しているつもりだ。筆頭同心として駈けずり回っていた時は久恵に万事を任せ、いや、投げてしまっていたが居眠り番となってからはできるだけ話をしている。

だが、それも自分だけの思い込みに過ぎないのかもしれない。これを機会にもう少し話をしてみるか。

それは簡単なようで案外と難しいものだ。照れ臭いということもあるが、一家の主たるものの行動としては軽過ぎるというような気にもなるのだ。

「蔵間殿、これからも父をよろしくお願い申し上げます」

平助は丁寧に頭を下げた。

「よろしくお願いしなければならないのはわたしの方だ。これからも、暮らしを楽しむには山波殿のお知恵を拝借せねばならん。それに、山波殿と話をしておるとまことに心安らぐ。得がたき先輩だ」

「今日、父にそれを聞かせてやります。きっと、喜びますよ」

平助は笑顔を弾けさせた。

「よろしく伝えてくれ」

源之助も心が晴れやかになった。桜は既に葉桜となっているが、春の華やいだ空気に触れたようだ。

――さて――

藤堂の一件だ。

なんとかせねばならない。

第八章　命の訴え

一

昼八つ半（午後三時）過ぎ、

「よし」

源之助はおもむろに腰を上げると居眠り番を出た。気分がすっきりとしたせいで吹く風はひどく爽やかだ。

さて、これから道場に向かう。京次を使いに出し藤堂に宗方道場に同道するよう文を持たせた。京次のことだ、きっと藤堂を誘い出してくれるに違いない。藤堂と宗方道場で亜紀や亜紀の弟健太郎を交えて、今後のことを打ち合わせる。

源之助は期待と緊張の入り混じった思いを抱きながら奉行所を出た。御堀の水面に浮かんでいた優美な桜の花弁が病葉《わくらば》と見間違えるほどにしおれている。代わりに若葉の緑が映り込み小波《さざなみ》に揺れていた。

源之助は宗方道場の近く、葦簾張りの茶店にやって来た。そこで藤堂と待ち合わせている。

——来るか——

半信半疑のまま茶店に入った。視線を彷徨《さまよ》わせ藤堂の姿を探し求める。いない。

と、思った時背後に人が立った。気配で藤堂とわかった。ゆっくりと振り返り、

「よく、来てくれたな」

「京次とか申す岡っ引に、承知しなければてこでも動かないと庭先で座り込まれたのでな」

藤堂はわずかにニヤリとした。その顔を見て、何か吹っ切れたようなものを感ずることができた。

「茶を一杯飲むか。それとも、もう行くか」

問いかけると藤堂は即座に、

「すぐに行こう」

と、言った時には表に出ていた。

源之助と藤堂は連れ立って宗方道場に向かった。わずか、二町ほどの距離ながら二人は言葉を交わすことなく道場に着いた。着いてから藤堂はほんのわずかに躊躇《ためら》うように周囲に視線を這わせたが空咳を一つしてから門を潜った。源之助も続く。

道場は静かだ。稽古は終わった頃合だが、それにしても静か過ぎる。藤堂も同じ思いを抱いたようで眉根を寄せた。

源之助も嫌な予感に捕らえられ道場の引き戸を開けた。がらんとした板敷きの空間が広がるばかりである。

「健太郎殿は」

源之助がいぶかしむと藤堂は敏捷な動きで母屋に向かった。無言で格子戸を開ける。不気味な静寂が待っていた。

「亜紀、亜紀」

藤堂は亜紀の名前を二度叫んだ。だが、しんと静まり返るばかりだ。藤堂は玄関を駆け上がった。源之助も続く。廊下を進み居間に出た。

「これは」

健太郎が突っ伏していた。背中を斬られている。藤堂は健太郎を抱き起こし、

「健太郎殿、しっかりされよ」

と、二度、三度揺さぶった。だが、健太郎から返事を返されることはなかった。

「汚い。背中を向けた時にばっさりだ」

藤堂は悔しそうに顔を歪め、次いで搾《しぼ》り出すように、

「おそらくは、三田村か、三田村の手の者の仕業に違いない」

藤堂はきっぱりと断定した。源之助にも異存はない。もちろん、何の証もあるわけではないが、それ以外には考が及ばない。

「亜紀殿は……」

敵は実力行使に出てきた。いやが上にも危機感が募《つの》る。藤堂は奥に向かった。源之助も走る。仏間、寝間、書斎、全て見て回った。しかし、亜紀の姿はない。とうとう勝手に出たところで、勝手口から睦五郎が入って来た。事情を知らないのだろう。普段の顔をしている。

藤堂の顔を見て、

「彦次郎さま、ようこそおいでくださいました」

と、挨拶をしてから懐中を探って一通の書状を取り出した。

「道場の前でお武家さまに手渡されましてございます」

「わたしに渡せと申したのか」

藤堂から厳しい目を向けられ、

「はい」

睦五郎は当惑しながらうなずく。睦五郎を責めても意味がないと思ったのか口をへの字に閉ざし、藤堂は書状に目を通した。一瞬にして表情が強張った。無言で説明を待つ源之助に、

「亜紀はさらわれた」

と、ぽつりと告げた。

「な、なんですって」

睦五郎が驚きの声を発する。源之助は書状を受け取った。素早く視線を走らせる。

そこには、

「亜紀を返して欲しくば、明日の明け六つ、本所回向院裏手の廃屋敷に来い。但《ただ》し、一人きりだ。町方を要請すれば亜紀の命はない」

と、声に出して読む。差し出し人の名は記されていない。睦五郎は顔を真っ青にし、

「大変でございます。ただちに、先生のお耳に入れませんと」

と、何が起きたのか知らないため健太郎に報せるべく居間へと向かった。止めることはできない。すぐにわかる現実が待ち受けているだけである。果たして、居間から睦五郎の悲鳴が聞こえた。源之助と藤堂も居間に戻った。

「誰がこのような惨いことを……。亜紀さまは、亜紀さまは……」

睦五郎は腰が抜けたように畳にへたり込み全身を震わせた。

「我らもすぐ前にやって来た。その時は既に健太郎殿はこのようなお姿であった」

源之助は言うと、視線を健太郎の側に向けた。茶碗が二つある。そのことから健太郎が来客を迎えていたと判断された。健太郎が茶を淹れるはずはない。亜紀が淹れたのであろう。

すると、健太郎を斬った者は来客を装いやって来た。健太郎が気を許し居間に招き入れ、背中を見せたということは、やはり三田村と考えていいのではないか。

「亜紀さまは、亜紀さまは」

睦五郎はうわ言のように繰り返した。

「おのれ」

藤堂は悔しげに顔を歪ませる。

「蔵間さま、亜紀さまを」

睦五郎は訴えかけてくる。無責任に心配するなとは言えない。藤堂が、

「おれが取り戻す」

「彦次郎さまが」

睦五郎は藤堂の今の暮らしぶりを知っているだけに不安そうだ。

「亜紀はおれの妻だ」

藤堂の決意は微塵の揺らぎもない。

「わたしも行こう」

源之助とて知らん顔をするつもりはない。

「いや、断る。好意だけを受けよう」

藤堂は突っぱねた。

「敵はおまえを待ち構えておるのだぞ。そんな所にむざむざと一人で行かせられるものか」

「書状には一人で来い、とある」

「それに従うことはない」

「おれは一人で行く」

「敵にはわからぬようにする。極秘裏に現場まで行くから大丈夫だ。信用してくれ。

これでも八丁堀同心だ。これまでに悪党の巣窟に潜入したことは一度や二度ではない」

「おまえを信用しないわけではない。おれ一人で行きたいのだ」

「意地を張っておる場合か」

二人のやり取りを冷や冷やしながら見ていた睦五郎が、

「彦次郎さま、ここは、蔵間さまの申し出をお受けなすってください」

しかし、藤堂は頑として受けつけず、

「だめだ」

と、強い口調で返した。いかにも一本気な藤堂らしい。一旦、こうと決めたら絶対に聞く耳を持たない。

「強情も大概にしろ」

「お願い申し上げます」

源之助と睦五郎が二人がかりで宥《なだ》めるが藤堂は静かに、

「いや、おれ、一人で行かしてくれ」

と、ぽつりと言った。落ち着いた口調になっただけに堅い決意がよくわかる。

「頼む。ここはおれの好きにさせてくれ。おれは、愚かにも三田村の言葉を信じ水森さまを殺《あや》めてしまった。そして、その目的遂行のために何の落ち度もない亜紀を離縁した。女としてこれ以上の屈辱はないだろう。おれの愚かさ故、一生を狂わせてしまったのだ。この上は、おれが一人、亜紀のために赴《おもむ》くことでせめてもの罪ほろぼしとしたい。それに、健太郎殿を巻き添えにした。この責めはおれ一人で負わなければならん」

「ですが」

途端に睦五郎は顔を歪める。

「睦五郎」

藤堂は笑みを浮かべ睦五郎の肩を叩いた。

「わかっておる。おれも亜紀も殺されてしまうと言いたいのだろう。心配いらぬとは申せん。相手はおそらくおれに備えて相当な人数で待ち構えているだろう。そこはまさしく死地に違いない。だがな、こんな馬鹿なおれができることと言えば、妻のために、この命、捨てるくらいだ」

「しかし、亜紀さまも……」

睦五郎は納得ができないとばかりに激しく首を横に振る。

「亜紀も死ぬ……。そうかもしれん。さすれば、今度はあの世で夫婦になる。誰にも邪魔されることなくな」

藤堂は薄く笑った。

睦五郎はすがるような目を源之助に向けてきた。これ以上、言っても藤堂は承知をしないだろう。睦五郎の願いを受け止めながらも、

「健太郎殿を弔わねばな」

と、仮通夜を行うことにした。居間に布団を敷き、そこに寝かせた。

源之助と藤堂は静かに合掌した。

「きちんとした通夜は後日に頼む」

藤堂が言うと源之助は、

「それはおまえが行うのだ。門人たちの弔問《ちようもん》を受けよ」

それが死ぬなという意味であることは藤堂にも伝わったはずだ。藤堂は返事をせず再び合掌した。睦五郎のすすり泣きが響き渡った。瞑目する源之助の目から涙が溢れた。

二

明くる弥生十二日の暁七つ半（午前五時）、まだ夜明け前である。

藤堂は単身、指定された本所回向院の裏手にある廃屋敷にやって来た。額に汗止めを施し、羽織は脱いで襷《たすき》掛けにしている。屋敷を巡る黒板塀は所々に穴が開き、野原と化した庭に大川から渡る川風がわびしく吹き抜けている。朽ち果てた木戸門は今にも崩れそうで白々明けの空の下、くすんだ様子を晒している。

朝霧が地表を覆い乳白色に染まった空から薄日が差し、澄んだ空気の心地良さばかりがやけに不似合いだ。

藤堂は腰の大刀にそっと手を触れた。亡き恩師、亜紀と健太郎の父宗方修一郎から貰った同田貫上野介。頼れるのはこの名刀一振りだ。板塀の穴から中を覗き込む。廃屋となった母屋の前に侍が二人立っていた。亜紀は母屋の中に捕らわれているのだろう。

藤堂は素早く屋敷の裏手に回った。

裏木戸にも侍が二人立っている。寝ずの晩でもしていたのか時折あくびをし、緊張感に欠けた有様だ。

藤堂は板塀に身を寄せながらそっと近づく。足音を殺し侍二人の間近に迫った。眼前に迫ったところで、ようやく二人は驚きに両目を見開いた。だが、その時には藤堂は大刀を横に一閃させている。但し峰は返されていた。

二人は声を上げるゆとりも、そして刀を抜くこともできず往来にどうと倒れた。

藤堂は素早く大刀を鞘に戻し、裏木戸から屋敷の中に身を入れると雑木林となった竹林の中に入り、屋敷内を窺う。勝手と思われる母屋の裏口に二人、少し離れた土蔵の前に二人が立っていた。みな襷掛けで袴の股立ちを取るという戦闘態勢を取っている。

亜紀は母屋の中にいると思って間違いないだろう。

藤堂は三田村の姿を探し求めた。庭には三田村はいない。母屋の中にいるのだろう。ひょっとして、亜紀に乱暴をしているのか。そう思うと千千《ちぢ》に心が乱れた。

――いかん――

今はそんな邪念を抱いている場合ではない。藤堂は首を横に振り、深呼吸を繰り返して神経を研ぎ澄ました。母屋に入るには、眼前の二人と土蔵の前にいる二人を倒さねばならない。

騒がれることなく瞬時に仕留める。それが条件だ。

藤堂は大きく息を吸って吐いた。そして、竹を大きく揺らした。竹がしなってざわめいた。

眼前の二人がいぶかしんだのか、雑木林に入って来た。二人は縦横に伸びた枝をかき分けて歩いて来る。藤堂は雑木林の間からさっと二人の前に出る。大刀の柄を差し出し右の男の鳩尾《みぞおち》に沈める。男は林の中に沈んだ。

もう一人の男は声を漏らしたが、すぐに藤堂は大刀の切っ先を喉笛に突きつけた。

「声を出すな」

凄みのある声を投げると男は黙ってうなずく。藤堂は男の目に視線を据え、

「土蔵の前におる二人を呼べ」

男の喉仏が動いた。次いで、

「ちょっと、来てくれ」

雑木林の中から声を上げる。土蔵の二人は顔を見合わせた。藤堂はさらに刀の切っ先で喉仏を撫で、

「もう一度」

と、促す。

男は、

「早く来てくれ」

と、今度はさらに大きな声を発した。いぶかしんでいた二人だったが、何らかの異変を感じたようで駆け足で雑木林に入って来た。

「どうした」

そう疑問を投げかけながら枝を揺らし二人はやって来る。

藤堂は眼前の男の首筋に手刀を打ち失神させた。そして、雑木林の中に身を隠す。土蔵の二人は男が倒れた場に遭遇して呆然と立ち尽くし、直ぐに辺りをきょろきょろと見回した。

音もなく藤堂は二人の前に立ち大刀を袈裟懸けに振り下ろした。相手は崩れるように倒れる。

もう一人はあわてて大刀を抜いた。ところが、眼前であっと言う間に味方を倒した男を前に泡を食い、周囲の状況を確かめることなく大刀を抜いた。このため、大刀が枝に引っかかり思うさま動かすことができない。

藤堂は相手の懐に飛び込み刃を相手の頰に当て、

「刀を捨てろ」

有無を言わせない態度で言った。

相手は黙って従った。

「亜紀はどこにいる」

低い声で訊く。

「知らん」

男は顔を背ける。

「惚けると喉を切り裂く」

その感情の籠らない物言いは脅しではないことを如実に物語っていた。

相手は額に汗を滲ませて、

「母屋の中だ」

と、声を上ずらせる。

「母屋の何処だ」

「勝手を入って廊下を突き当たった部屋だ」

「母屋には何人がいる」

「勝手に三人、廊下に二人、女を押し込めている部屋に三人だ」

「三田村はいるのか」

男はそれはまずいと思ったのか口を閉ざした。

「もう一度だけ訊ねる。三田村はいるのか」

その言葉の意味を相手も悟らないはずはない。小さくうなずき、

「女の部屋におられる」

「わかった」

藤堂は拳を男の鳩尾に沈めた。男は白目を剝きその場に崩れ落ちた。

さて、これからが本番である。

母屋の中には三田村も含めて八人。八人を一度に相手にしたのでは勝ち目はない。もちろん、死にもの狂いで手負いの獅子となってかかれば、勝機が得られるかもしれない。しかし、それでは亜紀の命は救えまい。その前に自分も命果てる。

「かまうものか」

一旦、死を覚悟したではないか。亜紀には気の毒だがあの世で夫婦になろうと思ったのだ。せめて、亜紀のために命を賭けた行いをすることにより、迷惑をかけた亜紀への思いを貫きたい。

それは勝手な理屈なのかもしれないが、不器用な自分としてはこうするしかない。

「正面突破だ」

そう心を決める。

襷を掛け直し、草履を脱いだ。汗止めの鉢巻を締めなおす。東の空が茜に燃え出した。

野鳥の鳴き声がかまびすしい。日が昇るまでは間もなくだ。三田村が指定した明け六つが近い。奴らも待ち構えているに違いない。

「行くぞ！」

腹から搾り出すような声を発し、藤堂は雑木林を走り出た。母屋までを全力で走り、勝手口の引き戸を開けると同時に中に飛び込む。

台所になっている。

口を割った男の言葉通り三人の侍がいた。三人は藤堂に気づき、躊躇《ためら》うことなく抜刀した。

藤堂も抜刀し、踊るような足取りで真ん中の男に斬り込む。男の刃を避け、胴を抜いた。鮮血が迸《ほとばし》る。峰打ちをするゆとりはない。これからは死を覚悟したまさしく真剣勝負である。

返す刀で右手の男の首筋を抉《えぐ》る。男はくぐもった声を発し土間に転がった。残る一人は大上段から踏み込んで来た。

藤堂はかろうじて避ける。敵は前につんのめった。すかさず、藤堂は首筋を斬った。

血潮が噴出し男の顔面が血に染まった。

三人の生死を確かめることもせず、廊下を進む。廊下にいた二人が刃を向けてきた。一人目を袈裟掛けに斬り捨てる。ところが、ここで朽ち果てた廊下の板を踏み抜いてしまった。

敵はそれを見て勢いづき、大刀の切っ先を向け突っ込んで来た。

「てえい」

無我夢中になって藤堂も下から大刀を突き上げる。藤堂の大刀の切っ先が相手の喉笛を貫いた。相手の動きが止まったところで大刀を素早く引き、血ぶりをして小袖の袖で拭った。

そして、抜き身を提げたまま突き当たりの部屋に向かう。襖は閉じられているが部屋の中では既にこの騒ぎを知っているはずだ。

手ぐすねを引いて藤堂のことを待っているだろう。

藤堂は全身に熱い血をたぎらせながら襖の前に立ち、

「とおりゃあ！」

と、大声を発して襖を足蹴《あしげ》にした。

襖が倒れた。同時に部屋の中に飛び込む。ところが、そこはがらんとした空間だった。

——謀《はか》られた——

と、思ったら両側の襖が開いた。侍が数人雪崩れ込み、藤堂を取り巻いた。

「よく来たな」

三田村がその中にいた。

「どこまで汚い男なのだ」

そう声を荒げる。

「汚いかもしれん。だがな、約束は守ってやる」

三田村は背後を目配せした。侍の輪が乱れ、縄を打たれた亜紀が姿を現した。亜紀は苦悩の表情を浮かべながらもしっかりとした眼差しで藤堂を見つめた。

三

「この女を助けてやろう」

三田村はニヤリとした。

藤堂は三田村の真意を測るように視線を凝らした。

「おまえが、金欲しさで水森を斬ったということを認めればな」

三田村は一通の書付を放った。侍の中から一歩進み出てそれを拾う者があった。読み上げると、そこには自分は弘前藩をお役御免になりその恨みで江戸藩邸の重役を狙っていた。そこで、羽振りのよさそうな水森に目をつけた。恨みと金欲しさから水森を斬った。

「これは、江戸家老松岡房之助さまへ届ける。公には水森の死は死罪としてある。しかし、松岡さまは水森を斬った者を探しておられる。わしが、その役目を引き受けた。おまえは、まさしく下手人だ」

三田村はそれが正義だとばかりに理路整然と言い立てる。

「そういうことか。どこまでも、狡猾《こうかつ》な男だ」

「なんとでも言え。おまえは署名すればよいのだ。さすれば、女房は助けてやる」

三田村は気味の悪い笑い声を放った。藤堂は歯嚙みをした。

「大刀を捨て、筆を持て」

三田村は侍に目配せをする。侍は筆を持って来た。

「さあ」

三田村は促す。

藤堂は悔しそうに唇を噛んだまま立ち尽くしている。

「おまえの女房がどうなってもよいのか」

三田村は刃を亜紀の喉元につきつける。亜紀はかっと両目を見開き、

「わたくしは藤堂の女房ではございません。離縁された身でございます。最早、赤の他人。そのような女のために藤堂は己が信念を曲げたりはしません」

「ほう、ずいぶんと気丈だな」

「馬鹿にしないでください」

亜紀は身体をよじらせた。その拍子に身体の均衡が崩れ、亜紀の縄を持っていた侍がよろめいた。

すかさず、藤堂は大刀を抜き亜紀の縄を持っていた男の手を斬った。右手の先が破れた畳に転がり、すさまじい悲鳴と血飛沫《ちしぶき》が舞い上がる。藤堂は亜紀を連れ部屋を飛び出した。

あっと言う間の出来事だったが、すぐに三田村が、

「追え」

と、叫ぶ。

侍たちは藤堂めがけて追いかける。

藤堂は荒れ野と化した庭に飛び出すと亜紀の縄を切る。

「行くぞ」

亜紀を促し屋敷を出ようとしたが、どこにいたのか無数の侍が湧くように現れた。

二人の行く手を阻む壁となって立ちはだかる。

背後から、

「諦めろ」

三田村がやって来た。

いくら奮戦したところで到底敵《かな》う敵の数ではない。自分はいい。どうせ、死ぬ覚悟でやって来たのだ。

手負いの獅子のごとく暴れ回り、死に花を咲かせるつもりだ。だが、亜紀の顔を見たら、せめて亜紀だけは逃したい。生かしてやりたい、という気持ちが涌いてきた。

「活路を作る。逃げろ」

藤堂は亜紀の耳元で囁く。

「いいえ、わたくしも一緒に死にます」

亜紀ははっきりと言った。

「往生際が悪いぞ」

三田村は侍たちに目配せする。侍たちは二人を十重二十重にも取り囲んだ。最早逃れる術はない。

三田村は勝利を確信したかのような満面に笑みを浮かべた。

と、その時、

「御用だ！」

と、いう甲走った声がした。次いで、木戸門から、

「北町奉行所である」

と、若い同心が中間、小者十人ばかりの捕方を率いて駆け込んで来た。牧村新之助が捕方を率いてやって来たのだ。

「何の騒ぎだ」

三田村は前に進み出た。

「そこにおります浪人藤堂彦次郎を捕縛にまいりました」

「町方の出る幕ではない」

三田村は怒鳴りつけた。

すると、捕方をかき分けて源之助が前に出た。三田村はさらに険《けわ》しい顔で、

「これは、弘前藩内のいざこざである。町方には関わりないこと。引き取りを願お

う」

「そうはまいりませんな」

源之助は一向に動ずることはない。

「弘前藩の揉め事に介入するというのか」

「いいえ」

源之助は首を横に振る。その態度はなんとなくからかうような調子だ。

「貴様、拙者を愚弄するか」

三田村は気色《けしき》ばんだ。藤堂と亜紀は事の成り行きを見守るだけだ。

「藤堂は浪人、浪人は町方の範疇《はんちゅう》でござる。それに、藤堂には訴えが出ております」

「訴えだと」

三田村はいぶかしげに眉根を寄せる。

「花扇でござる。花扇の女将登勢です。何せ、三百両もの壺を壊されたのでござるからな。料理屋としましては大そうな損害です。到底、目を瞑《つむ》るわけにはまいりません」

「なんだと」

三田村は目を剝く。

「三田村さまも申されたではございませんか。あれは、藤堂が壊したのだから藤堂を捕縛せよと。わたしはそれに従ったまででございます。それとも、三田村さまが弁償をなさってくださるのですか」

「それは……」

三田村は悔しそうに唇を嚙む。

源之助は藤堂に向き、

「奥州浪人藤堂彦次郎、花扇の貴重なる備品を破壊した咎で引き立てる。神妙に縛につけ」

藤堂は半信半疑ながら黙って従った。新之助は中間に命じて縄を打たせた。藤堂は捕縛された。

「では、御免」

源之助は馬鹿丁寧なほどに腰を直角に曲げ三田村への挨拶を送る。三田村は両目を血走らせ拳を握り締めた。亜紀は夫の身を案ずるかのように視線を彷徨《さまよ》わせる。

藤堂は新之助たちに引き立てられ亜紀も一緒に引き立てられた。一人、残った源之助は、

「尚、宗方健太郎殺しならびに亜紀かどわかしについて厳重なる取調べを行います」

と、三田村に向かって声を放った。

「好きにするがいい」

三田村は胸を張った。

「強がっていられるのはあとわずかですな」

源之助は強い眼差しを送る。

「ふん」

三田村は鼻で笑った。そうすることで威厳と余裕を示したつもりのようだ。

「決して許しませんぞ。たとえ、あなたさまがどのような素性のお方であろうと」

「やれるものならやってみたらいい」

源之助は三田村の目の前に立ち正面から両の目を見据え、

「ああ、やってやるとも！」

強い口調で言い残すと踵を返した。

源之助はその足で杵屋に向かった。

裏木戸から中に入ると善太郎が待っていた。善太郎はしっかりとした口調で、

「訴えが整いました」

善太郎は三田村に出入り止めを食らった商人の間を飛び回った。

「ここに連判状があります」

善太郎は書状を広げた。

源之助はさっと目を通す。そこには、水森が公明盛大な男であったこと、自分たちはなんら落ち度がないのにもかかわらず三田村から突然出入り止めを申し渡されたこと、売り掛金も支払ってもらえないという不当を書き連ねてあった。そして、末尾には善太郎をはじめ、出入り止めになった商人の署名と血判が押されてあった。

「でかした」

「必死で駈けずり回りました。みな、最初は及び腰でしたが、ここは一致団結して訴えようと賛成してくれたのです」

善太郎は興奮のあまり頬を火照らせている。

「おまえの熱意が通じたのだ」

「これからです。これから、弘前藩のお殿さまにこれを届けなければなりません」

善太郎は決意を示すように目を見開いた。

「よし、それはおれに任せろ」

源之助が言ったところで善右衛門が入って来た。

「今回はまたもや蔵間さまのお世話になりました」

「いや、わたしではなく善太郎の熱心さですよ」

「今回は熱心さが裏目と出てしまいました」

「五十両の損害を考えれば裏目と申せましょうが、これをきっかけで商人として成長したとわたしは思います」

するると、善太郎ははにかむように目を伏せる。

「そうだといいのですが」

善右衛門は素直に受け入れはしなかったが、本音では息子の成長を喜んでいるのは見た目にも明らかだ。

「では、これで」

善太郎はぺこりと頭を下げ出て行った。それを目で追いながら、

「この先はわたしの働きとなります」

「今回のこと、無責任なようですがわたしは口を挟まずにまいりました。万事を善太郎に任せたのです」

「それは無責任ではなく勇気のいることだったと思います。善太郎は商人として勝負に挑みました。わたしは、八丁堀同心の意地と沽券にかけて弘前藩三田村格之進に償

いをさせます」

源之助は熱い血潮がたぎるのが自分でもよくわかった。若き日の剣術修行の思い出が甦り、源之助をしてそうさせているようだ。こんなにも熱い思いをしたのは久しぶりだ。

四

源之助は翌十三日、本所回向院のすぐ近くにある自身番に立ち寄った。そこに藤堂が留め置かれている。

藤堂はその仮牢に入れられていた。源之助が自身番の中に入ると町役人と書役が挨拶をしてきた。

「咎人と話をする」

町役人はうなずいてから、昨晩、藤堂が一睡もせず、今に至るまで正座したまま身《み》動《じろ》ぎもしないと伝えた。素性の知れない野良犬の如き浪人者を薄気味悪く思っている様子だ。

「あの浪人、どんな悪さをしたんですか」

町役人おずおずと尋ねる。

「武士の意地を貫こうとしたのだ」

源之助の答えに町役人も書役もきょとんとなったが源之助の険しい表情を見てそれ以上は問いかけてくることはなかった。

藤堂は仮牢の中で瞑目し正座をしていた。他に人はいない。

「藤堂」

声をかけると藤堂はゆっくりと目を開けた。髭に覆われた顔にあって両眼ばかりは異様な光をたたえていた。源之助は仮牢の前に座った。格子越しに二人は向かい合う。

「こざかしい真似をしおって」

藤堂の髭が揺れた。

「こざかしいか」

源之助はニヤリとした。それから、

「亜紀殿は無事だ。今、道場にあって、町方が厳重にお守りしている」

それには藤堂は短く礼を述べた。

「花扇の女将はまことに訴えたのか」

「訴状はあるぞ」

源之助は懐中から書付を取り出し藤堂に向けたが藤堂は首を横に振り見ることを拒絶した。

「いくらおれの命を助けるためとはいえそんな咎でおれを捕縛してどうする。青磁の壺、いくらするかは知らんが、とてもおれが払えるわけはないさ。どうしてもその罪を償えと申すのなら好きにしろ」

「弁償は弘前藩に求める。女将もおまえに対する訴えは取り下げると同意してくれた。金もない浪人に支払いを求めたところで、どうしようもないからな」

「すると、おれはどうなる」

「解き放ちだ」

「まことにか」

藤堂は源之助の腹の底を見透かすように視線を凝らした。

「解き放たれたら、おまえ、再び三田村を狙うか」

「あたり前だ。それなら、解き放たんと申すか」

「いや、そうではない。だが、おまえを犬死にさせるつもりはない」

「命なんぞとうに捨てておる」

藤堂は吐き捨てた。

「まこと、命を捨てておるのだな」

「武士の魂までは失くしておらん。武士に二言《にごん》はなしだ」

「ならば、その命、おれに預けろ」

源之助は両目に力を込めた。

「どういう意味だ」

「三田村の罪状を弘前藩の藩主津軽出羽守寧親《やすちか》さまに訴えるのだ」

「そんなことができるか。藩邸に駆け込めとでも申すか」

「違う。登城の途中に駕籠《かご》訴《そ》に及ぶのだ」

「そんなことをしたら、斬り捨てられるだけだ」

源之助は言葉を飲み込み、

「貴様、命を捨てたと申したのではないか」

「しかし、それではおまえの言う犬死だ」

「犬死はさせん」

「何か算段があるのか」

「ない」

「ふん」

藤堂は苦笑を浮かべる。

「算段はないがおれも命を賭ける。この命をな」

源之助は胸を叩いた。

「おまえ……」

藤堂は唇を震わせた。

「おれとて、剣友を見殺しにしたとあっては男がすたる。生きてはいけん」

源之助は明るく笑った。

藤堂には自信に満ちた態度を示したが勝算があるわけではない。ただ唯一、江戸家老松岡房之助に希望を見出した。善太郎を連れ藩邸に乗り込んだ時、三田村に門前払いをされかけた源之助を受け入れてくれた。その時の公正な対応に賭けようと思ったのだ。

それから三日が経った。弥生十五日である。

何事もなく一見、平穏な日々が過ぎた。桜はすっかり散り、燃えるような若葉が江戸中を覆い、目に染みる。

源之助は本所竪川《たてかわ》の河岸を歩いていた。朝六つ半（午前七時）を迎えた頃だ。江戸の朝は早い。既に町屋の大戸は開かれ、小僧たちが大急ぎで往来の掃除をしている。棒手振りの野菜売りや豆腐売り、魚売りなどもひどく忙しげに商いを行い、長屋から声がかかると、

「後で来ますんでね、ちょいと先に向こうへ行ってめえりやすよ」

などと急ぎ足で三つ目橋に向かって走って行く。その飛ぶような仕草は見ていて滑稽ですらあったが、無理もない。

町屋全体がひどく忙しげなのはちゃんとした理由がある。間もなく、弘前藩津軽家の登城行列が通るのだ。登城の行列は竪川沿いを二つ目橋に向かって大川に進み、両国橋を渡る。

従って、行列が通り過ぎるまでは商いはできない。それどころか通ることも許されなかった。

但し、産婆のみは通行を許された。

源之助は人々が大名行列を避けるように四散するのを横目に往来の真ん中に立ち尽くした。

眩《まばゆ》いまでの朝日に目を細め、右手で庇《ひさし》を作って前方を見やる。そんな源之助の姿を怪訝に思った魚売りがじろじろ見ていたが、源之助に睨まれると首をすくめて走り去

る。そんな中、大工の棟梁らしき男が、

「旦那、なんかあるんですか」

よほどに好奇心を募らせているようだ。

「ああ、ある」

源之助はぶっきらぼうに答えるのみだ。それでも大工はお節介なのか、

「こんな所に突っ立っていらしたら大変ですぜ。もうすぐ、津軽さまのお行列がお通りになるんですから」

「わかっているさ」

源之助は薄く笑う。

「こんな所にいらしたら邪魔ですぜ」

「わかっておると申しただろう。いいから、行け。おまえこそ邪魔だ」

いかつい顔の八丁堀同心に言われたものだから、大工もほうほうの体《てい》で歩き去った。

往来に人気《ひとけ》がなくなった。ごみためをあさっていた犬も何か予感がしたのか尻尾を振りながら走って行った。

往来はやけに静かだ。

その静寂を乱す大勢の人間の足音と息遣いがした。源之助は往来に正座をした。砂

塵が舞い、源之助を取り巻く。しかし、源之助はかっと両目を見開き前方を見据えた。

大地を響き渡るほどの足音が押し寄せて来た。

源之助の眼前に弘前藩主津軽出羽守寧親の行列が迫った時、両手をついた。行列から声が上がった。

「どうした」

「なんだ」

そんな声が聞こえてくる。

運悪く大名行列と遭遇してしまった行商人風の男たちが数人、往来の端に寄って源之助のことを不思議そうに眺めている。

先頭を行く挟み箱を担いだ中間をかき分け裃姿の駕籠脇の侍が一人、源之助に向かって走り寄って来た。

「無礼者」

侍は甲走った声を発する。

「拙者、北町奉行所同心、蔵間源之助と申します」

源之助は見上げた。

「町方の同心が当家の行列に立ち塞がるとはいかなる料簡でござる」

侍は源之助が八丁堀同心と知って、やや言葉の調子を落とした。

源之助はきっとした顔で、

「藩主出羽守さまに訴えの儀がございます」

「なんと」

侍は目を剝いた。

「是非、訴えを」

「そのようなこと、町方の同心がすべきではござらんであろう」

侍は明らかに動揺と戸惑いを示している。それでも、行列の後方から、

「どうした」

と、声がかかるに及んで、

「いかなる訳がござろうと、行列を止めることはできぬ。これ以上の問答は無用にございますぞ」

その時、往来を数人の町人たちが駆け込んで来た。みな、黒紋付に袴という正装だ。先頭には善太郎がいた。善太郎が連れて来た弘前藩邸に出入り禁止となった商人たちである。

「な、なんだ」

侍は動揺が激しい。

「どうか、訴えの儀を」

善太郎は声の限りに叫んだ。行列からさらに数人の侍が飛び出して来る。みな、源之助と善太郎たちを見て口々に何事かわめきたてている。

「御家老松岡房之助さまにお取り継ぎください」

源之助は声を張り上げた。

「貴殿、御家老を存じておるのか」

「いささか」

侍は行列に向かおうとした。

すると、

「何事だ」

と、やって来たのは三田村格之進である。

五

三田村は源之助に視線を向け、さらには善太郎がいることに気がつきたちまちにして表情を強張らせる。

「貴様、殿の登城を邪魔立てするか」

「邪魔立てではござらん。訴えをお聞き届けいただきたいのでござる」

三田村は怒りで顔面をどす黒く膨らませ、拳で源之助の顔を殴りつけた。源之助は衝撃を受け後ろに倒れそうになったがぐっと堪え姿勢を崩さなかった。唇が切れ血が滲んだ。

「訴えがござる、松岡さま！」

源之助は空に向かって言い放つ。周囲にざわめきが起きた。三田村は源之助の動じない態度に正体をなくし、さらにわめき声を立てたが侍たちから羽交い絞めにされた。

「天下の往来でみっともない真似をするな」

出て来たのは松岡である。

「御家老、この者は無礼にも殿の行列を妨げる者にございます」

その狂乱ぶりに松岡は眉根を寄せ源之助に視線を落とした。

「弘前藩江戸家老松岡房之助と申す。貴殿、わしを存じておるそうだが……」

松岡は源之助のいかつい顔を見下ろしていたが、「ああ、先だって」と源之助の訪問を思い出したようだ。源之助も改めて素性を明らかにし、訴えの旨を言上した。善

太郎も、

「どうぞ、お聞き届けを」

と、己を奮い立たせる。商人たちもここが勝負時とばかりに言上を繰り返す。三田村が、

「この者たちの申すことなどに耳を貸す必要はございません」

しかし、松岡はそれを聞き流し、

「よかろう、訴え状を預かる」

松岡は右手を差し出した。源之助は花扇の登勢に書かせた青磁の壺の弁償請求を差し出す。そして、後方を振り向き、

「善太郎、さあ」

と、促す。

善太郎は両手で訴状を差し出した。松岡はしっかりと受け取った。

「確かに殿に取り継ぐ」

「ありがとうございます」

善太郎以下商人たちも一斉に頭を下げる。

「これでよいな」

松岡が鷹揚に言う横で三田村は苦虫を噛んだような顔で立っている。

「申し訳、ございません。今一つ、お話がございます」

源之助は静かに言った。

「まだあるのか」

これには松岡も多少むっとした。三田村が文句を付けようとしたところで、さっと一人の男が走り寄って来た。男は真っ白だ。

それもそのはず、死に装束を身にまとっている。藤堂彦次郎である。

今日の藤堂は野良犬のような姿はどこへやら、きれいに月代を剃り、髷を結い、髭も剃り上げていた。朝日を受けたその面差しは若かりし頃の精悍な面構えを甦らせている。

藤堂は両手をつき松岡を見上げ、

「拙者、国許にて馬廻りを勤めておりました藤堂彦次郎と申します。本日、まいりましたのは」

と、そこまで言った時三田村が、

「昨年、殿さまの政を批判し藩を離れた者にございます。このような者の申すこと、お聞き届けになるようなことはございません」

と、顔をしかめた。松岡は藤堂に視線を据える。そのまま、

「待て、三田村。この者、死を覚悟しての訴えじゃ」

と、藤堂に向かって話を続けるよう促した。

「先だって、御納戸頭水森主水さまを斬ったのはわたくしです」

松岡は目をしばたたいた。

「なんじゃと。おまえ、何故水森を……」

「それは、そこにおらるる三田村さまに」

と、ここまで言った時、三田村が抜刀し、

「この乱心者」

と、藤堂めがけて大刀を振り下ろした。刃は日輪を反射し目もくらむほどの閃光が走った。

源之助は立ち上がり様、十手を抜いた。刃と十手が交わる鋭い音が響いたと思ったら次の瞬間、大刀は三田村の手を離れ、源之助の十手にからみ取られた。

松岡は息を飲んだが、

「この者を藩邸に連れて行け。三田村、この者に指一本触れることは許さん」

そう、厳しく命じた。武士の魂たる大刀を失った三田村は呆然と立ち尽くした。

「蔵間殿と申されたな」

「はい」

「当家内のみっともない争いをお目にかけてしまった。この一件、それから貴殿や商人殿の訴えも合わせて殿のお耳に入れ、公正な裁きをする。これはわしが約束する」

「しかとお願い申し上げます。藤堂とは若かりし頃、共に宗方修一郎先生の道場で汗を流した仲でございます。どうぞ、よろしくお願い申し上げます。本日は登城の途次を邪魔立て致しましてまことに申し訳ございませんでした」

「では、後日、改めてな」

松岡は行列に出発を告げた。源之助は三田村に大刀を返した。

「年貢の納め時ですぞ」

三田村はそれには返事をせず、口をへの字にして行列に加わった。藤堂は藩士に連れられ、弘前藩邸に向かった。

日差しが強くなった。

源之助と善太郎たちは往来の隅に寄り、行列を見送った。

一連の騒動の決着がついたのはそれから一月《ひとつき》あまりが過ぎた卯月《うづき》の半ばである。

どんよりとした曇り空の下、源之助は本所二つ目の弘前藩上屋敷の裏門前にやって来た。松岡から書状が届き、藤堂が解き放たれるとの報せが届いたのである。

松岡は源之助との約束を守ってくれた。訴えに基づき、三田村の行状を洗い、花扇の登勢や、芸者、幇間、善太郎や商人、さらには源之助も呼び出して三田村の罪状を明らかにした。

その上で藤堂の証言に信憑性が高いと改めて評価を下した。藤堂は三田村に踊らされ、水森を斬ったことを認められたのだ。その結果、藤堂は罪を追及されることはなかった。さらには帰参を勧められもしたが藤堂は受けなかった。

一方、三田村は藩を去ることにはなったが、それ以上のお咎めはなかった。弘前藩としては、御家騒動ととられかねない決着を望まず、穏便に済ませたかったのである。重要な役職にあった者を前任者殺しの罪で処罰するわけにはいかなかった。それに、水森は死罪ということにしてあり、それを蒸し返すことはできなかったようだ。

但し、水森の名誉は回復され遺族にも水森家の再興が許された。

善太郎たち商人には掛け金の支払いと再度の出入りが許された。源之助にはそれが何よりもうれしかった。また、花扇は三百両というわけにはいかなかったが、百五十両支払われることになった。

藤堂はしっかりとした足取りで裏門から出て来た。地味な木綿の着物ながら、袴には折り目がつき凛々しくもあった。源之助に気がつき、

「今回はまこと世話になった。感謝の言葉も思いつかないほどだ」

「なんの、礼などいらん。それより、早く亜紀殿の所へ行け」

藤堂はそれには返事をしない。源之助は無理には勧めず、

「もうしばらくして三田村も藩邸から追い出されるそうだぞ」

藤堂は怪訝な顔をした。

「松岡さまが報せてくれた」

「松岡さまがおまえにか」

「いかにも。三田村はもう弘前藩とは関わりのない者、と記してこられ、さらには藤堂の義弟を殺したとは藤堂には仇であろう、とな」

「つまり、これは」

「そうだ。仇討ちだ」

源之助は静かに告げる。

「よし」

藤堂の目が燃え上がる。

「この先に一町ほど行った右手に無人寺がある。そこで待っていろ。必ず三田村を連れて行く」

「すまん」

藤堂は急ぎ足で走り去った。

それから程なくして裏門から三田村が現れた。肩をすぼめ焦燥しきっている。

「三田村殿」

呼び止めるとはっとしたように源之助を見返した。

「同道くだされ、藤堂が待っております」

「なんじゃと」

「貴殿も武士なら藤堂と決着をつけられよ」

三田村は躊躇《ためら》っていたが悟ったように従った。

無人寺で藤堂は待っていた。三田村は薄笑いを浮かべ、

「おれも藩を追い出された。野良犬となる身だ。だが、せめて命だけは助けてくれ」

その卑屈な笑いは野良犬そのものだ。

「おまえは、義弟の仇。それに、水森さまのためにも許すことできん。抜け」

「待ってくれ」

三田村は両手を合わせて懇願したが藤堂は冷たく首を横に振る。

そして、同田貫上野介を抜いた。

三田村は観念したようにため息を吐くとゆっくりと大刀を抜いた。勝負の結果は見るまでもない。三田村には武士の魂はなく、大刀を持つ構えも腰が引け、全身が震えている。

それでも自暴自棄のようなわめき声を上げ、

「おのれ」

と、大刀をぶん回した。

藤堂はそんな三田村を見て哀れみの表情すら浮かべ、素早く走り寄ると懐に飛び込んで大刀を袈裟懸けに振り下ろした。

三田村は物も言わず前のめりに倒れた。三田村の鮮血が雑草や石ころを真っ赤に染めた。

「見事！」

源之助は賞賛の声を送った。

藤堂の顔に喜びはない。むしろ、哀しさと虚しさで満ちていた。

「さて、あとは己が始末だ」

藤堂は言うと同田貫上野介を鞘に納めて脇差を抜き草むらにあぐらをかいた。

「蔵間、最後の頼みだ。介錯を頼む」

「やめろ」

「申したはずだ。三田村を斬って腹を切ると」

藤堂は澄んだ目をしていた。

「亜紀殿のことを考えろ」

「それは……」

藤堂は言葉を飲み込みそれ以上は語ろうとはせず着物の胸をはだけた。そして、脇差を腹に突き立てようと逆手に持った。

その時、

「おやめください」

亜紀の声がし、草むらの中を着物の裾がはだけるのも構わず亜紀が駆け寄って来た。

藤堂の手が止まった。

源之助は藤堂の手から脇差を取り上げた。亜紀が藤堂の前に座り、

「どうか、どうか、お腹を召されること、思い留まってください」

その必死さは紅すら差さず、髪がほつれ形振《なりふ》りを構わない様子で明らかだ。藤堂は顔をそむけた。亜紀は目に涙を溜め藤堂の顔を注視した。

「藤堂、亜紀殿の願い、聞き入れよ。逃げてはならん」

「しかし」

「どうか、お願いします」

亜紀は訴えかける。

「どうだ。帰参せぬというなら宗方道場を亜紀殿と盛り立てては」

「なんだと」

藤堂は目を剝く。

「それが先生の恩や健太郎殿へ報いることになると思うが。のう、亜紀殿」

亜紀は返事をしなかったがその表情を見れば異存があろうはずはない。

「おれも、暇な身。身体が鈍ってしょうがない。また、道場で汗を流したくなった。それに、門人たちだってこのまま道場がなくなってしまっては」

さらに源之助が説得しようとするのを藤堂は遮り、

「わかった」

「承知してくれるか」

「その前に、国許に行かせてくれ」

意外な藤堂の願いに源之助も亜紀も怪訝な顔をしている。

「国許に水森さまのご遺族がおられる。おれはご遺族にお会いし、水森さまの墓前で事の次第を話し詫びる。そして、ご遺族がお許しくださらなければ、おれは潔《いさぎよ》く討たれる。お許しを頂いたなら、江戸に戻って来る。それで、よいな」

藤堂なりのけじめなのだろう。

「お待ち申します」

亜紀は低いが張りのある声で答えた。

藤堂はしっかりうなずいた。その目に迷いはなかった。強い日差しと共に新緑の香が三人を取り巻いた。


それから、三日後、源之助は善右衛門の招待で花扇にやって来た。

善右衛門は礼の言葉を何度も繰り返した。

「善太郎も呼んでやればよろしかったのではござらんか」

「誘ったのです。ですが、あいつ、自分はまだ半人前。とても花扇で食事をできる身ではない、もっと、稼いでから行く、などと、生意気なことを申しまして」

善右衛門は言いながらもうれしそうだ。

「今回はまこと、善太郎には感心しました」

「いや、本人も申しておりますように、まだまだでございます。やっと、商《あきない》のとば口に立ったとこでございますよ」

ここで雷鳴が鳴った。

凄い勢いで雨が庭を濡らす。

「そろそろ、梅雨入りですね」

善右衛門が言った時、登勢が入って来た。登勢は、

「今日は楽しんでください。料理代はいりませんから」

「それはいけないよ」

善右衛門が抗うと、

「蔵間さまのお陰でだいぶ儲けさせていただいたのでございます」

「そんなことはないだろう。青磁の壺の代金は半分に値切られたではないか」

「それがね」

登勢は上目遣いになった。

「どうした」

「正直に申しますと、あれは贋物だったのですよ。座敷では何があるかわかりませんし、三田村さまはとにかく遊び方が汚かったですからね、万が一と思って贋物を置いておいたのです」

「なんだと」

源之助は素っ頓狂な声を漏らしてしまった。

「これ、やはり、罪になりますか。それとも、百五十両、弘前藩邸に返しに行ったほうがいいですかね」

「今更、返されたとて弘前藩邸も受け取るまい。ま、良いことをしたとは誉められないが三田村がかけた迷惑料とでも思ったらいいさ。それに、贋の壺のお陰で藤堂は命拾いをし、一件は落着をした。贋物とは聞かなかったことにする」

登勢はぺろっと舌を出し、座敷を出て行った。

「いやあ、したたかなものですな」

源之助が苦笑を浮かべると、

「商人と申すものは正直だけではまいりませんからな」

「それもそうだ」

源之助は登勢のしたたかさが決して不快ではなかった。むしろ、三田村の横暴を見事にやり過ごすその度胸に喜ばしくもなった。

「これから一月あまり、じめじめとしますな」

善右衛門は雨を見上げた。

「その後は真っ青な空を見ることができますよ」

そうだ、その頃には藤堂彦次郎も江戸に戻って来るに違いない。

水森の遺族とて事情を知れば、藤堂の一本気な人柄に接すれば、きっと咎めることはあるまい。

と、なれば、夏には自分も宗方道場に立って稽古にいそしむか。

源之助の脳裏にかつて藤堂と稽古に励んでいた夏の日の道場の光景がまざまざと甦った。それは、甘酸っぱくも暑い夏の昼下がり、蟬の鳴き声と亜紀の弾んだ声が交錯した至福の時だった。

時代小説

二見時代小説文庫

犬侍《いぬざむらい》の嫁《よめ》　居眠《いねむ》り同心《どうしん》　影御用《かげごよう》4

著者　早見《はやみ》　俊《しゅん》

発行所　株式会社　二見書房
東京都千代田区三崎町二－一八－一一
電話　〇三－三五一五－二三一一［営業］
〇三－三五一五－二三一三［編集］
振替　〇〇一七〇－四－二六三九

印刷　株式会社　堀内印刷所
製本　ナショナル製本協同組合

落丁・乱丁本はお取り替えいたします。
定価は、カバーに表示してあります。

ISBN978－4－576－11037－0
http://www.futami.co.jp/

居眠り同心 影御用 源之助人助け帖
早見俊［著］

凄腕の筆頭同心がひょんなことで閑職に——。暇で暇で死にそうな日々にさる大名家の江戸留守居から極秘の影御用が舞い込んだ。新シリーズ第1弾！

朝顔の姫 居眠り同心 影御用2
早見俊［著］

元筆頭同心に御台所様御用人の旗本から息女美玖姫探索の依頼。時を同じくして八丁堀同心の不審死が告げられた。左遷された凄腕同心の意地と人情。第2弾

与力の娘 居眠り同心 影御用3
早見俊［著］

吟味方与力の一人娘が役者絵から抜け出たような徒組頭次男坊に懸想した。与力の跡を継ぐ婿候補の身上を探れ！「居眠り番」蔵間源之助に極秘の影御用が…！

憤怒の剣 目安番こって牛征史郎
早見俊［著］

直参旗本千石の次男坊に将軍家重の側近・大岡忠光から密命が下された。六尺三十貫の巨躯に優しい目の快男児・花輪征史郎の胸のすくような大活躍！

誓いの酒 目安番こって牛征史郎2
早見俊［著］

大岡忠光から再び密命が下った。将軍家重の次女が輿入れする喜多方藩に御家騒動の恐れとの投書の真偽を確かめよという。征史郎は投書した両替商に出向くが…

虚飾の舞 目安番こって牛征史郎3
早見俊［著］

目安箱に不気味な投書。江戸城に勅使を迎える日、忠臣蔵以上の何かが起きる—将軍家重に迫る刺客！征史郎の剣と兄の目付・征一郎の頭脳が策謀を断つ！

二見時代小説文庫

雷剣の都 目安番こって牛征史郎4
早見俊［著］
京都所司代が怪死した。真相を探るべく京に上った目安番・花輪征史郎の前に驚愕の光景が展開される…。大兵豪腕の若き剣士が秘刀で将軍呪殺の謀略を断つ！

父子の剣 目安番こって牛征史郎5
早見俊［著］
将軍の側近が毒殺された！ 居合わせた征史郎に嫌疑がかけられる！ この窮地を抜けられるか？ 元隠密廻り同心と倅の若き同心が江戸の悪に立ち向かう！

人生の一椀 小料理のどか屋 人情帖1
倉阪鬼一郎［著］
もう武士に未練はない。一介の料理人として生きる。一椀、一膳が人のさだめを変えることもある。剣を包丁に持ち替えた市井の料理人の心意気、新シリーズ！

倖せの一膳 小料理のどか屋 人情帖2
倉阪鬼一郎［著］
元は武家だが、わけあって刀を捨て、包丁に持ち替えた時吉の「のどか屋」に持ちこまれた難題とは…。心をほっこり暖める時吉とおちよの小料理。感動の第2弾

剣客相談人 長屋の殿様 文史郎
森詠［著］
若月丹波守清胤、三十二歳。故あって文史郎と名を変え、八丁堀の長屋で貧乏生活。生来の気品と剣の腕で、よろず揉め事相談人に！ 心暖まる新シリーズ！

狐憑きの女 長屋の殿様 剣客相談人2
森詠［著］
一万八千石の殿が爺と出奔して長屋暮らし。人助けの万相談で日々の糧を得ていたが、最近は仕事がない。米びつが空になるころ、奇妙な相談が舞い込んだ……。

二見時代小説文庫

山峡の城　無茶の勘兵衛日月録

浅黄 斑［著］

藩財政を巡る暗闘に翻弄されながらも毅然と生きる父と息子の姿を描く著者渾身の感動的な力作！本格ミステリ作家が長編時代小説を書き下ろし

火蛾《かが》の舞　無茶の勘兵衛日月録2

浅黄 斑［著］

越前大野藩で文武両道に頭角を現わし、主君御供番として江戸へ旅立つ勘兵衛だが、江戸での秘命は暗殺だった……。人気シリーズの書き下ろし第2弾！

残月の剣　無茶の勘兵衛日月録3

浅黄 斑［著］

浅草の辻で行き倒れの老剣客を助けた「無茶勘」こと落合勘兵衛は、凄絶な藩主後継争いの死闘に巻き込まれていく……。好評の渾身書き下ろし第3弾！

冥暗の辻　無茶の勘兵衛日月録4

浅黄 斑［著］

深傷を負い床に臥した勘兵衛。彼の親友の伊波利三は、ある諫言から謹慎処分を受ける身に。暗雲が二人を包み、それはやがて藩全体に広がろうとしていた。

刺客の爪　無茶の勘兵衛日月録5

浅黄 斑［著］

邪悪の潮流は越前大野から江戸、大和郡山藩に及び、苦悩する落合勘兵衛を打ちのめすかのように更に悲報が舞い込んだ。大河ビルドンクス・ロマン第5弾

陰謀の径《みち》　無茶の勘兵衛日月録6

浅黄 斑［著］

次期大野藩主への贈り物の秘薬に疑惑を持った江戸留守居役松田と勘兵衛はその背景を探る内、迷路の如く張り巡らされた謀略の渦に呑み込まれてゆく……

報復の峠 無茶の勘兵衛日月録7

浅黄 斑［著］

越前大野藩に迫る大老酒井忠清を核とする高田藩と福井藩の陰謀、そして勘兵衛を狙う父と子の復讐の刃！正統派教養小説の旗手が贈る激動と感動の第7弾！

惜別の蝶 無茶の勘兵衛日月録8

浅黄 斑［著］

越前大野藩を併呑せんと企む大老酒井忠清。事態を憂慮した老中稲葉正則と大目付大岡忠勝が動きだす。藩御耳役・勘兵衛の新たなる闘いが始まった……第8弾！

風雲の谺《こだま》 無茶の勘兵衛日月録9

浅黄 斑［著］

深化する越前大野藩への謀略。瞬時の油断も許されぬ状況下で、藩御耳役・落合勘兵衛が失踪した！正統派教養小説の旗手が着実な地歩を築く第9弾！

流転の影 無茶の勘兵衛日月録10

浅黄 斑［著］

大老酒井忠清への越前大野藩と大和郡山藩の協力密約が成立。勘兵衛は長刀「埋忠明寿」習熟の野稽古の途次、捨子を助けるが、これが事件の発端となって…

月下の蛇 無茶の勘兵衛日月録11

浅黄 斑［著］

越前大野藩次期藩主廃嫡の謀略が進むなか、勘兵衛は大目付大岡忠勝の呼び出しを受けた。藩随一の剣の使い手勘兵衛に、大岡はいかなる秘密を語るのか、第11弾！

奇策 神隠し 変化侍柳之介1

大谷羊太郎［著］

陰陽師の奇き血を受け継ぐ旗本六千石の長子柳之介は、巨悪を葬るべく上州路へ！ 江戸川乱歩賞受賞のトリックの奇才が放つ大どんでん返しの奇策とは？

間借り隠居 八丁堀 裏十手1
牧 秀彦［著］

北町の虎と恐れられた同心が、還暦を機に十手を返上。その矢先に家督を譲った息子夫婦が夜逃げ。間借りしながら、老いても衰えぬ剣技と知恵で悪に挑む！

侠盗五人 世直し帖 姫君を盗み出し候
吉田 雄亮［著］

四千石の山師旗本が町奉行、時代遅れの若き剣客、侠客見習いに大盗の五人を巻き込んで一味を結成！ 世直し、人助けのために悪党から盗み出す！ 新シリーズ！

はぐれ同心 闇裁き 龍之助江戸草紙
喜安幸夫［著］

時の老中のおとし胤が北町奉行所の同心になった。女壺振りと島帰りを手下に型破りな手法と豪剣で、悪を裁く！ ワルも一目置く人情同心が巨悪に挑む新シリーズ

隠れ刃 はぐれ同心 闇裁き2
喜安幸夫［著］

町人には許されぬ仇討ちに人情同心の龍之助が助っ人。敵の武士は松平定信の家臣、尋常の勝負はできない。〝闇の仇討ち〟の秘策とは？ 大好評シリーズ第2弾

因果の棺桶 はぐれ同心 闇裁き3
喜安幸夫［著］

死期の近い老母が打った一世一代の大芝居が思わぬ魔手を引き寄せた。天下の松平を向こうにまわし龍之助の剣と知略が冴える！ 大好評シリーズ第3弾

夜逃げ若殿 捕物噺 夢千両すご腕始末
聖 龍人［著］

御三卿ゆかりの姫との祝言を前に、江戸下屋敷から逃げ出した稲月千太郎。黒縮緬の羽織に朱鞘の大小、骨董目利きの才と剣の腕で江戸の難事件解決に挑む！